DRESSLER

Cornelia Funke

PALAST AUS GLAS

Eine Reise durch die Spiegelwelt

Mit Illustrationen der Autorin

Dressler Verlag · Hamburg

FSC
www.fsc.org
MIX
Papier aus verantwortungsvollen Quellen
FSC® C014496

Originalausgabe
1. Auflage

Poppenbütteler Chaussee 53, 22397 Hamburg

Umschlaggestaltung: Frauke Schneider unter Verwendung
einer Illustration und des Designs von:
© Helen Crawford-White
© studiohelen.co.uk
Innenillustrationen: Cornelia Funke
Das Glas, das Blei und Gold beschert:
aus dem Englischen von André Mumot
Originalausgabe: Pushkin Press, London 2018
Originaltitel: *The Glass of Lead and Gold*
Satz: Arnold & Domnick GbR, Leipzig
Druck und Bindung: GGP Media GmbH,
Karl-Marx-Straße 24, 07381 Pößneck, Deutschland
Printed 2019
ISBN 978-3-7915-0144-4
www.dressler-verlag.de

Inhalt

Für Keith John Mastrorocco,
der diese Geschichte inspiriert hat.

Das Glas, das Blei und Gold beschert

Es hatte die ganze Nacht geschneit. Die Flocken waren so dicht auf Londra herabgewirbelt, als fielen die Sterne vom Himmel, um die Stadt für den Weihnachtsabend zum Strahlen zu bringen. Der Schnee hatte das Kopfsteinpflaster mit einem Teppich bedeckt, der all die Geräusche dämpfte, mit denen Londra erwachte, und so weich war, dass Tabetha fast vergaß, wie kalt er sich unter ihren ausgetretenen Schuhen anfühlte. Die engen Gassen, die sie hinunter zum Flussufer nahm, waren dieselben wie jeden Tag, aber die schäbigen Häuser, die sie säumten, sahen an diesem frühen Morgen aus, als gehörten sie ins Schaufenster eines Bäckers: mit Dächern aus Zuckerguss und Schornsteinen, die Puderzucker in den sich langsam aufhellenden Himmel bliesen. Für einen Augenblick konnte Tabetha fast daran glauben, dass der Schnee, wenn er wieder schmolz, all die Hässlichkeit und Traurigkeit, die unter ihm lag, mit sich nehmen würde. Vielleicht würde Londra sich dann endlich als der strahlende, magische Ort zeigen, von dem ihre Mutter ihr jeden Abend erzählt hatte, als sie noch in dem Dorf an der Küste gelebt hatten.

Tabetha dachte nicht mehr oft daran zurück. Die zugigen Katen am Strand eines grauen Meeres, die Netze, die sie ihrem

Vater geholfen hatte zu flicken, die Fische, die zusammen mit Seesternen und winzigen Seepferdchen ihren letzten Atemzug auf den Planken seines Bootes getan hatten – all das schien so unwirklich wie die schneebedeckten Häuser, an denen sie vorbeiging. Ihr Vater war kurz nach ihrem siebten Geburtstag ertrunken, und ihre Mutter hatte die Taschen gepackt, um ein neues Leben in Londra zu beginnen, in jener weit entfernten, von Licht und Gelächter erfüllten Stadt, von der sie Tabetha so oft erzählt hatte. Aber sie hatten schon sehr bald herausgefunden, dass das Licht und das Gelächter so teuer kamen, dass nur die reichen Bewohner Londras den Preis bezahlen konnten.

Ihre Mutter war zwei Jahre nach ihrer Ankunft gestorben. Sie war am Ende selbst kaum mehr gewesen als eine der Geschichten, die sie so gern erzählt hatte – Märchen, zu schön, um wahr zu sein, inmitten all der Armut und Dunkelheit, die ihre Tochter seither erfahren hatte. Es war nicht leicht, elternlos in Londra zu überleben, doch in drei Tagen würde Tabetha Brown ihren fünfzehnten Geburtstag begehen. Sie hatte sich zur Feier ein kleines Stück Kuchen versprochen, aber noch musste sie das Geld für solch einen Luxus verdienen.

Mit dem Erwachsenwerden wurde das Leben einfacher. In den ersten Jahren nach dem Tod ihrer Mutter war Tabetha oft so hungrig gewesen, dass sie versucht gewesen war,

in in ihr Dorf zurückzukehren. Doch dann hatte sie sich daran erinnert, wie oft ihr Großvater ihre Mutter angeschrien und sie die Schläge seiner rauen Hand auf ihrem Gesicht gespürt hatte oder seinen Stock auf ihrem Rücken. Nein. Das Leben war überall schwer und Londra war nun ihr Zuhause.

Sie hob einen Stein auf und scheuchte eine magere Katze von einer kleinen Gestalt fort, die ausgestreckt im Schnee lag. Es war ein Hob, dem die Kälte die dünnen Arme und Beine stocksteif gefroren hatte. Die winzigen Männer und Frauen waren in Londra beinahe so zahlreich wie Mäuse und Ratten in den armen und reichen Vierteln der Stadt. Hobs wurden nicht viel größer als Krähen und konnten ziemlich mürrisch sein, aber sie waren fleißige Arbeiter. Als Bezahlung für ihre Dienste verlangten sie meist nur ein altes Hemd oder einen Mantel, um sich Kleidung daraus zu schneidern, etwas zu essen für ihre Familien – die, zugegeben, recht groß ausfallen konnten – und eine Behausung unter einer Treppe oder einem Schrank. Sie arbeiteten in Restaurants und Fabriken und in den großen Herrenhäusern auf der anderen Seite der Stadt. Die Dankbarkeit, die sie verdienten, wurde ihnen jedoch nicht immer zuteil, und gerade im Winter fand man viele von ihnen tot auf den Straßen.

Dieser hier atmete noch, also lehnte Tabetha das winzige Geschöpf gegen das Schaufenster eines Ladens, in der Hoffnung, dass die Wärme, die durch die Glasscheibe drang, ihm den Frost aus den Gliedern treiben würde.

Kurz nach dem Tod ihrer Mutter hatte sie für einen Schornsteinfeger gearbeitet, der sie so viele Schornsteine hatte hinaufklettern lassen, dass ihre mageren Beine schon bald mit Ruß und Narben übersät gewesen waren. Sie war sicher gewesen, dass sie

enden würde wie all die anderen Kinder, die die Schornsteinfeger in ihre Dienste zwangen. Irgendwann rutschten sie ab und brachen sich das Genick. Aber bevor das geschah, hatte eine Hobfamilie ihr zur Flucht verholfen. Diese Freundlichkeit hatte sie ihnen nie vergessen.

Dem Schornsteinfeger war nie aufgefallen, dass sie ein Mädchen war. Es war für niemanden leicht, in Londra zu überleben, aber für Frauen war es fast unmöglich – das elende Schicksal ihrer Mutter war trauriger Beweis dafür gewesen –, also trug Tabetha ihr Haar kurz und kleidete sich wie ein Junge. Anfangs hatte sie ihr langes Haar und ihre Kleider vermisst, doch inzwischen waren ihr die Hosen und Hemden, die sie trug, lieber – auch wenn sie immer mehr Lumpenschichten tragen musste, um ihre Brüste zu verbergen.

Fünfzehn … nein, das Leben würde nicht viel leichter werden.

Sie fand drei weitere Hobs, bevor sie die steile Treppe erreichte, die zum schlammigen Ufer der Temse hinabführte, und gleich neben den Stufen eine einzelne Münze, die im Schnee funkelte wie ein verfrühtes Weihnachtsgeschenk. Das war ein guter Auftakt für einen Tag, der sie gewöhnlich traurig machte. Vielleicht würde sie sich nun sogar endlich ein Paar alte Schuhe von dem Leprechaun kaufen können, der unter der Treppe des Theaters hauste, in dessen zugigem Hinterhof sie nachts Unterschlupf fand.

Schon zwei Dutzend Schlammlerchen waren an diesem frühen Weihnachtsmorgen damit beschäftigt, das gefrorene Flussufer nach Kupferdraht, alten Münzen und anderen Dingen abzusuchen, die sich verkaufen ließen. Tabetha kannte sie alle. Die meisten waren deutlich älter als sie. Das Schlammlerchenhandwerk war kein gesundes Geschäft: Der vor Schmutz starrende Matsch reichte ihnen oft bis zu den Knien und schon die kleinste Wunde konnte tödliche Infektionen verursachen. Dann waren da noch die Gezeiten. Tabetha hatte mit eigenen Augen gesehen, wie die steigende Flut eine alte Frau und ihren Sohn davongerissen hatte. Aber das Flussufer war ein gefährlicher Ort, selbst wenn Ebbe herrschte und der Schlamm wie an diesem Morgen gefroren war, denn es war das Jagdgebiet von Wassermännern und Kelpies, ganz zu schweigen von betrunkenen Matrosen, Elfenstaub-Dealern und Schmugglern aller Art.

Keiner der anderen Schlammlerchen ahnte, dass Ted, wie Tabetha sich gewöhnlich vorstellte, ein Mädchen war. Sie hielt sich ohnehin von den anderen fern, denn sie war sicher, dass jeder Einzelne sie bestehlen würde, falls sie ihnen die Gelegenheit gab. Man konnte niemandem trauen. Niemandem. Sie hatte nur überlebt, weil sie das nie vergaß.

Als Tabetha den Fuß der Treppe erreichte, fiel ihr eine unvertraute Gestalt auf: ein untersetzter Mann mit sich lichtendem Haar, der für eine Schlammlerche viel zu gut gekleidet war. Er drückte Limpey gerade einen Zettel in die Hand. Vielleicht war er ein Prediger, der sie alle davon überzeugen wollte, morgen zum Weihnachtsgottesdienst in irgendeine Kirche zu gehen. Einige der anderen würden einer solchen Einladung sicher nachkommen, denn sie waren alle sehr talentierte Taschendiebe. Tabetha hatte sich in dem Gewerbe auch versucht, aber das Steh-

len erfüllte sie mit Scham, während sie auf die Dinge, die sie im Flussschlamm fand, oft sehr stolz war. Sie waren so verwaist und angeschlagen wie sie selbst, aber sie hatten den Fluss überlebt, sie hatten einen weiten Weg hinter sich, und sie alle hatten ihre eigene Geschichte zu erzählen.

Keiner der anderen Schlammlerchen hatte Tabethas Geduld, wenn es darum ging, das Ufer abzusuchen, oder ihre scharfen Augen, wenn es galt, in dem Schlamm und Abfall, den der mächtige Fluss aus weit entfernten Ozeanen herbeitrug, einen Schatz zu erspähen, oder zwischen all dem, was er aus den Ablagerungen längst vergessener Zeiten wusch. Tabetha war nicht sicher, ob sie

die Temse liebte oder hasste. Manchmal fühlten sich ihre Ufer wie ihr einziges Zuhause an, aber an Tagen wie diesem – wenn andere Menschen im Kreis ihrer Familien in ihren Häusern saßen – fühlte sie sich beim Anblick all des weiten, rastlos fließenden Wassers nur noch heimatloser.

Hör auf!, fuhr sie sich an. Selbstmitleid war das Gift, das sie am meisten fürchtete. Es fraß an ihrem Herzen.

Meist wateten sie alle barfuß mit hochgekrempelten Hosenbeinen durch den giftigen Schlamm, doch die Kälte zwang sie alle, die löchrigen Stiefel anzubehalten.

Das Stück zerschlissenes Seil, das Tabetha schon nach wenigen Schritten entdeckte, war ein gutes Beispiel für die Schätze, die die anderen so leicht übersahen. Sie stellte sicher, dass ihr Gesicht nichts als Langeweile ausdrückte, als sie sich danach bückte, damit sie den anderen nicht verriet, dass sie etwas Wertvolles gefunden hatte. Ein paar schimmernde Schuppen klebten an dem Seil: die Schuppen einer Meerjungfrau. Der Fluss hatte sie den ganzen weiten Weg von der Südküste hergetragen, wo Tabetha sie früher in der Nähe ihres Dorfes oft am Strand gesehen hatte.

Meerjungfrauenschuppen waren bei Schneidern sehr gefragt, denn sie bestickten mit Vorliebe die Gewänder ihrer wohlhabenden Kunden damit. Tabetha schob ihren Fund vorsichtig in einen der Lederbeutel, die sie an den alten Gürtel gebunden hatte, den der Fluss ihr gebracht hatte, als sie bemerkte, dass der gut gekleidete Fremde, den sie von der Treppe aus gesehen hatte, sie beobachtete. Trotz seines Alters sah er kräftig und schnell aus – immer eine wichtige Einschätzung, falls man rasch die Flucht ergreifen musste. Aber keiner der anderen Schlammlerchen schien beunruhigt. Der Mantel des Mannes war nicht ganz so gut geschneidert wie der des Bankiers, der seinen Kutscher jeden Sonntag nach der Kirche an der Treppe halten ließ, um eine Handvoll Pennys zu ihnen hinunterzuwerfen – aber seine Stiefel kosteten sicher mehr, als Tabethas Fundstücke ihr in zehn Jahren einbringen würden, für den Schal um seinen stämmigen Hals würde sie mindestens drei Jahre im Schlamm wühlen müssen. Was war sein Beruf? Normalerweise konnte sie das erraten, aber nicht in diesem Fall.

»Ich habe gehört, du bist einer der besten Schlammlerchen hier am Fluss.«

Sein Akzent klang nach Neukalendonien. Tabethas Großvater stammte aus dem Norden. Und was das Kompliment betraf, so hatte er sich das hundertprozentig ausgedacht, um ihr zu schmeicheln. Von den anderen Schlammlerchen hätte keiner zugegeben, dass sie mehr von ihrem schmutzigen Handwerk verstand als die meisten von ihnen.

Der Fremde hatte eine Narbe auf der Stirn und eine weitere an seiner Hand, aber er sah nicht wie ein Soldat oder ein Berufsboxer aus, und kein Polizist hätte sich je solche Stiefel leisten können. Aus seiner Manteltasche lugte ein Däumling. Seine blassen Bernsteinaugen

musterten Tabethas Taschen und Beutel. Däumlinge waren sehr talentierte Diebe, und obwohl sie kaum größer als eine Ginflasche waren, konnte sich selbst der schnellste menschliche Langfinger nicht mit ihnen messen.

»Keine Sorge. Er stiehlt nur auf meine Anweisung.«

Seine dünnen Lippen verzogen sich zu einem Lächeln und enthüllten drei Silberzähne. Tabetha versuchte, sie nicht anzustarren. Sie waren mit irgendwelchen alt aussehenden Schriftzeichen bedeckt.

»Hast du je ein Stück Glas gefunden, das aussah, als könnte es eine Scherbe von dem hier sein?«

Das Stück Papier, das er aus der Tasche zog, war ein Zeitungsausschnitt. Als er ihn Tabetha reichte, fiel ihr auf, dass seine linke Hand mit Brandnarben bedeckt war und ihm zwei Fingernägel fehlten. Er hatte ganz offensichtlich einen gefährlichen Beruf.

Auf dem Zeitungsausschnitt war eine Illustration zu sehen, eine von diesen schwarz-weißen Kupferstichen, die sie sich so gern anschaute. Tabetha konnte nicht lesen, aber diese Bilder erlaubten ihr, dennoch etwas über die Welt zu lernen, und sie hob jede Zeitung auf, die sie auf der Straße fand, nur um sie anzusehen. Die Illustration, auf die sie nun starrte, war allerdings ziemlich langweilig, verglichen mit denen, die Schlachten oder exotische Städte zeigten. Sie zeigte nur ein Glas mit schlankem Stiel und ein paar eingravierten Sandfeen und Feuerelfen.

»Niemand wird davon was finden, Mister«, sagte sie. »So dünnes Glas hat keine Chance, den Fluss zu überleben.«

Glas, Porzellan, gebrannter Ton … der Schlamm der Temse war gespickt mit Millionen von Scherben, von Tassen, Flaschen und Tellern, und es verlangte ein sehr gut geschultes Auge, um zu erkennen, ob sie irgendeinen Wert hatten. Bei den meisten war das nicht der Fall, aber die älteren brachten manchmal etwas Geld von den Händlern in der Celt Street ein, die besessen von allem waren, was alt war. Tabetha liebte die Geschichten, die sie erzählten, wenn sie ihnen etwas brachte, das ihre Begeisterung weckte: Geschichten von vergessenen Königen und Rittern, verzauberten Schwertern, Feen, für die liebeskranke Prinzen sich umbrachten, oder kinderfressenden Hexen. Sie hatte schon viele von den kleinen Tiegeln gefunden, in denen die Hexen ihre Zaubertränke verkauften. Man fand sie fast so häufig wie die Tonpfeifen, mit denen Männer Elfenstaub rauchten. Die Pfeifenköpfe waren oft wie Gesichter geformt und brachten gutes Geld.

»Was ist so besonders an dem Glas?«, fragte Tabetha und gab dem Fremden den Zeitungsausschnitt zurück.

»Behalt das.« Er schenkte ihr ein weiteres Silberzahn-Lächeln. »Das Glas hat nur sentimentalen Wert, aber ich zahle drei Silberschillinge, wenn du mir eine Scherbe davon bringst.«

Sentimentaler Wert? Sie alle glaubten, dass man Kinder so leicht für dumm verkaufen konnte. Aber drei Silberschillinge … das war mehr, als sie in zehn guten Monaten verdiente, selbst wenn sie den Schlamm jeden Tag sechzehn Stunden am Stück absuchte.

»Du kannst mich im Roten Löwen finden. Du weißt, wo das Wirtshaus ist?«

Tabetha nickte. Der Rote Löwe war eine Schenke für reiche

Leute, die sich gern den Anschein gaben, weniger wohlhabend zu sein.

»Frag nach Bartholomew Jakes.« Der Blick des Däumlings hing immer noch an ihren Beuteln. »Aber vergiss es, falls du die Scherbe nicht vor Ende des ersten Weihnachtstags findest. Ich brauch sie spätestens morgen Nacht und ich bin nicht interessiert an alten Münzen oder was du sonst normalerweise verkaufst.«

Er nickte ihr zu, zupfte eine Möwenfeder vom gut geschneiderten Ärmel und stapfte in seinen teuren Stiefeln zu der Treppe zurück, die hinauf zur Straße führte.

Tabetha betrachtete das Bild in ihrer Hand und warf einen Blick hinüber zu den anderen. Der Zahnlose Harry, Limpey, Froschfresser ... Sie alle hielten den Zeitungsausschnitt in der Hand, und sie erwiderten ihren Blick mit derselben angriffslustigen Miene, mit der sie zu ihnen hinübersah. Tabetha hatte sich nur ein Mal mit einer anderen Schlammlerche angefreundet. Midget. Ein Wassermann hatte ihn getötet, als er einer Holzkiste nachgeschwommen war, die auf den schmutzigen Wellen vorbeitrieb. Sie hatte mehr als eine Woche lang nicht zum Fluss hinuntergehen können. Es ist schwer, einen Freund zu verlieren, besonders dann, wenn man nur den einen hat.

Es begann erneut zu schneien. Der Fluss schluckte die Flocken wie ein riesiges, nasses, grauhäutiges Ungeheuer, und Tabetha suchte den kalten Schlamm ab, bis die Sonne, verschleiert von Schornsteinrauch, unterging und das Wasser der Temse so schwarz wurde wie die Stiefel, die der vernarbte Fremde getragen hatte. Sie fand etwas Kupferdraht, einen Schuh, der so verrottet war, dass er auseinanderfiel, als sie ihre kalten Zehen in das nasse Leder zwang, einen Zinnlöffel und ein paar Münzen, von denen eine ziemlich alt aussah. Zusammen mit den Meerjungfrauschuppen war das keine schlechte Ausbeute, aber Tabetha stellte erneut sicher, dass sie enttäuscht dreinblickte, während sie auf die Treppe zuging.

Das Flussufer war nachts sogar noch gefährlicher und selbst die mutigsten Schlammlerchen blieben nur bis zum Sonnenuntergang. Tabetha war sicher, dass sie alle nach dem Glas gesucht hatten, aber natürlich hätte sich keiner von ihnen einen Erfolg dadurch anmerken lassen, dass er früher aufbrach oder gar – wie ein Junge namens Auster es einmal dummerweise getan hatte – die Treppe pfeifend und mit einem selbstzufriedenen Lächeln hinaufsprang. Der Zahnlose Harry und Limpey hatten ihm noch in derselben Nacht den goldenen Ring gestohlen, den er gefunden hatte – nachdem sie ihn grün und blau geschlagen hatten.

Nein. Keiner von ihnen lächelte, als sie die Treppe hinaufstiegen. Sie alle trugen ihr Schlammlerchengesicht, ausdruckslos und beschmiert mit Flussdreck. »Wir sollten uns einfach in Goyl verwandeln, Ted«, hatte Midget einmal im Scherz zu ihr gesagt. »Mit einer Haut aus Stein und Feuer in den Augen.«

Niemand von ihnen hatte je einen Goyl zu Gesicht bekommen.

Sie lebten auf dem Kontinent und hassten es, das offene Meer zu überqueren, also gelangten sie nur sehr selten nach Albion. Aber es gab niemanden, der nicht von ihnen gehört hätte. Sie waren die steinhäutigen Geschwister der menschlichen Rasse: goldäugig und unter der Erde zu Hause, wo sie ihre Städte aus Edelsteinen bauten. Tabetha stellte sie sich wie die Statuen vor dem Palast der Königin vor, die mit leeren Marmoraugen von ihren Sockeln herabstarrten.

Es gab Gerüchte, dass der Goyl-König die Flotte von Albion versenkt hatte und dass sie Flugmaschinen bauten und Menschen mit ihren Klauen in Goyl verwandeln konnten. Aber das waren bloß Geschichten, um Kinder zu erschrecken. Midget hatte manchmal den Goyl gespielt und sie das Ufer entlanggejagt, seine schlammtriefenden Finger in die Luft krallend, als könnte

er sie in Fetzen reißen. Verflucht sollte der Wassermann sein, der ihn umgebracht hatte! Sie vermisste Midget sehr. Manchmal träumte sie, dass der Wassermann sie auch mit sich hinabzog, tief, tief hinunter auf den Grund des Flusses, um sie zwischen seinen Bergen von geraubtem Gold gefangen zu halten – wie alle Wassermänner es, glaubte man den Geschichten, mit jungen Mädchen taten.

Der Schnee machte es leichter, sich den Gestank des Schlammes von den Händen zu waschen. Die anderen hasteten eilig nach Hause, was auch immer das für ein armseliger Platz war, an dem sie Unterschlupf für die Nacht fanden. Aber Tabetha beschloss, erst noch bei einem Wirtshaus vorbeizugehen, das den Fluss überblickte und hauptsächlich von Matrosen und Hafenarbeitern besucht wurde: Fuentes' Suppenküche. Tabetha konnte den Namen natürlich nicht lesen, aber das Metallschild über der Tür – geformt wie ein Seehund mit einem Frauenkopf – hatte schon immer ihre Neugier geweckt, und vor ein paar Monaten hatte die Kälte sie schließlich durch die schmale Tür in den verrauchten Schankraum getrieben.

Die Gerüche, die sie empfingen, als sie an diesem Heiligabend die Tür öffnete, waren so köstlich, dass sich ihr leerer Magen sofort schmerzhaft zusammenzog.

Die Bedienung, die an der Theke eine Auseinandersetzung mit einem betrunkenen Gast hatte, war vermutlich nicht älter als Tabetha, obwohl das rote Kleid, das sie trug, sie sehr erwachsen aussehen ließ. Die Perlen in ihrem kastanienbraunen Haar erwiesen sich als Irrlichter und Graselfen, als Tabetha näher trat, aber der Lippenstift und die mit Ruß nachgezogenen Augenbrauen waren echt. Ihr Name war Ofelia, soweit Tabetha sich erinnerte. Sie war die älteste Tochter der Besitzer und bediente gewöhnlich die Gäste oder half beim Abwasch.

Tabetha war gekommen, um mit Ofelias Mutter zu sprechen, aber sie konnte sie nirgends entdecken. Die Fuentes hatten die Suppenküche erst vor einem Jahr eröffnet. Es gab Gerüchte, dass sie eine Trollfrau als Köchin beschäftigten, die, bevor sie nach Londra gekommen war, drei Männer in ihrem Heimatland umgebracht hatte, die ihre Kochkünste nicht gewürdigt hatten. Jedermann wusste, dass Trolle sehr empfindlich waren und tödlich, wenn sie in Wut gerieten, aber da Tabetha die Küche der Fuentes nie betreten hatte, war sie nicht sicher, ob sie die Geschichte glauben sollte. Ein paar von den anderen Schlammlerchen schworen auch, dass Ofelias Mutter eine Hexe war, doch sie behaupteten das von so ziemlich jeder Frau, besonders von denen, die es schafften, sich ihren Lebensunterhalt selbst zu verdienen.

Es hieß, dass Alfonso Fuentes, Ofelias Vater, einer der Hauptgärtner im Palast der Königin war, und man munkelte, dass einiges von dem Gemüse in den Fuentes-Suppen aus den königlichen Gärten stammte. Tabetha hatte sich entschieden, die Geschichte zu glauben, denn ihr gefiel die Vorstellung, königliche Tomaten und Lauchstangen zu kosten, wenn sie in dem bescheidenen Wirtshaus ihre Suppe aß. Die Hexengerüchte dagegen waren eindeutig Unsinn, da alle Fuentes-Frauen schwarze Augen hatten und die von Hexen bekanntlich grün waren und katzenartige Pupillen hatten. Aber wen interessiert das, solange sie nicht zur kinderfressenden Sorte gehörte? Die Suppen, die die Fuentes servierten, ließen einen daran glauben, dass die Welt ein guter Ort war. Da war es das Risiko wert, dass eine Hexe sie servierte. Und, was es noch besser machte – die Fuentes akzeptierten als Bezahlung die Münzen, die Tabetha am Fluss fand.

Das kleine Restaurant war so warm und einladend wie immer an diesem kalten Heiligen Abend, und es war keine Überraschung, dass überall an den Wänden Briefe und Postkarten von Gästen hingen, die an den schlichten Holztischen ein Stück Zuhause gefunden hatten. Die meisten kamen von Orten, von denen Tabetha noch nie gehört hatte, und sie alle bestätigten das Versprechen, das der Fluss ihr zuflüsterte, wenn sie sein schlammiges Ufer absuchte: dass die Welt weit und voller wundersamer Dinge, Geschöpfe und Orte war.

»Guten Abend. Könnte ich bitte etwas von der scharfen Bohnensuppe haben?«, fragte sie und scheuchte eine Graselfe von ihrer Stirn, die kaum größer als eine Münze war. Ihr Staub war sehr begehrt, denn er bescherte süße Träume, aber Tabetha konnte es sich nicht leisten, sich in ihnen zu verlieren. Solche Träume waren eh nur Lügen, und wenn man aus ihnen erwachte, war es nur noch schwerer, sich der Wirklichkeit zu stellen.

Ofelia Fuentes untersuchte die drei leicht verbogenen Münzen, die Tabetha auf die Theke gelegt hatte, mit ihrer linken Hand. Es war ihre einzige Hand. Ofelia Fuentes' rechter Arm endete kurz unter dem Ellbogen, aber man vergaß das schnell, wenn man sah, wie geschwind sie sich hinter der Theke bewegte.

»Die hier behältst du besser«, sagte sie und gab Tabetha eine der Münzen zurück. »Dafür bekommst du bei den Händlern in der Celt Street vielleicht mehr als eine Suppe.« Sie hatte eine ziemlich tiefe Stimme für ein Mädchen, und ihr Akzent ließ selbst einfache Worte geheimnisvoll klingen. »Die anderen zwei genügen«, sagte sie zu dem Hob, der die Schalen füllte.

Die Portion war noch üppiger als sonst.

»Unsere Weihnachtsportion«, erklärte Ofelia und schob die Suppe über die Theke.

Weihnachten. Die Männer und Frauen an den Tischen schien das nicht zu interessieren. Tabetha erinnerte sich, wie ihre Mutter ihr an ihrem ersten Weihnachten in Londra den großen Baum gezeigt hatte, der jedes Jahr vor dem Palast der Königin stand. Es hatten so viele lebende Lichter darin geleuchtet: Hobs, Irrlichter und Schwärme von Gras- und Wasserelfen. Ihre Mutter hatte ihr zu den Feiertagen immer eine Kleinigkeit als Geschenk eingepackt – selbst wenn es nur ein altes Spielzeug war, hatte sie es mit einem Band oder Vogelfedern geschmückt und wie neu aussehen lassen.

Der betrunkene Gast war an seinen Tisch zurückgekehrt, aber er pöbelte einige der anderen Gäste in einer Sprache an, die Tabetha nicht verstand. Ofelia Fuentes ließ sich nicht aus der Ruhe bringen, doch als er die Faust mit so viel Wucht auf seinen Teller herabfahren ließ, dass der zerbrach, warf sie nur einen

Blick Richtung Küchentür, und der Mann verstummte und verschwand ohne ein weiteres Wort.

Tabetha fand das so beeindruckend, dass sie sich fragte, ob die Fuentes-Familie das Gerücht von der Trollfrau in ihrer Küche vielleicht selbst verbreitet hatte.

Sie aß die Suppe langsam – auch wenn ihr Hunger das nicht leicht machte –, bei jedem Löffel darauf hoffend, dass Ofelias Mutter doch noch auftauchen würde. Draußen schneite es wieder, und man konnte hören, wie der Wind in der schmalen Straße über dem Fluss sein eigenes klirrendes Weihnachtslied pfiff. Der Protest war daher noch lauter als üblich, als die Hobs die rostige Glocke an der Wand läuteten, die den Gästen zu verstehen gab, dass das Wirtshaus geschlossen wurde.

»Isst du immer so langsam?«, fragte Ofelia Fuentes, als die Tische schließlich leer waren und nur Tabetha noch an der Theke saß und die letzten Reste aus ihrer Schale kratzte. »Oder schmeckt dir unsere Suppe heute nicht?«

»Wo ist deine Mutter?«, fragte Tabetha zurück.

Ofelia nickte den Hobs zu, worauf vier einander auf die Schultern sprangen, bis der oberste den Riegel vor die Tür schieben konnte.

»Sie ist nach Metragirta zurückgekehrt, wo der Großteil unserer Familie lebt. Sie kann die Kälte nicht ertragen. Sie beklagt sich den ganzen Tag darüber. Manchmal bleibt sie Monate fort. Warum? Gehörst du zu den Leuten, die ohne ihren Rat nicht durchs Leben kommen? Mein Vater sagt, meine Mutter zieht sie an wie das Licht die Motten.«

Tabetha warf ihr einen kühlen Blick zu und schluckte die Frage herunter, ob ihr Vater tatsächlich für die Königin arbeitete.

Ofelia ging zu dem Tisch hinüber, an dem der wütende Gast gesessen hatte, und sammelte mit ihrer einen Hand die Scherben seines Tellers zusammen. Tabetha hätte fast ihre Hilfe angeboten. Fast. Aber da sie selbst nie um Hilfe bat, widerstand sie der Versuchung.

»Wie heißt du?« Ofelias Augen waren so schwarz wie Kohle.

»Ted.«

»Ted – und weiter?«

»Brown.«

»Ah, *marrón*. So würdest du in unserer Sprache heißen.« Ofelia legte die Tellerscherben auf die Theke. »Das klingt besser, oder? Unser Nachname bedeutet Brunnen. Sehr passend für einen Gärtner, wie mein Vater immer sagt. Ich nehme an, selbst zu einer Suppenküche passt er ganz gut.« Sie wischte einen Klecks Suppe von der Theke. »Also … wozu wolltest du dir Rat von meiner Mutter holen?«

Tabetha zögerte. Sie war nicht sicher, ob sie das Mädchen mochte, und schließlich kannte sie Ofelia Fuentes überhaupt nicht. Aber wen sollte sie sonst fragen?

»Heute Morgen war ein Mann am Flussufer«, begann sie. »Er hat gesagt, er zahlt mir drei Silberschillinge, wenn ich eine Scherbe von dem Glas hier finde.« Sie zog den Zeitungsausschnitt aus der Tasche. »Weißt du, was so besonders daran ist?«

Ofelia musterte den Ausschnitt. »Hat er dir seinen Namen genannt?«

»Bartholomew irgendwas.«

»Bartholomew Jakes. Der taucht immer in der Weihnachtszeit hier auf.« Ofelia füllte sich eine Schale mit Suppe und griff nach einem Löffel. »Er ist ein Schatzjäger. Zu dieser Jahreszeit treibt sich manchmal ein ganzes Dutzend von denen unten am Fluss herum. Ich habe keine Ahnung, warum sie glauben, sie würden das Glas hier finden. Ist schließlich nicht gerade die feinste Ufergegend.«

Ein Schatzjäger, natürlich. Tabetha kam sich ziemlich dumm vor, weil sie darauf nicht selbst gekommen war. Die Jagd nach Zauberdingen – dem Schwert von König Artus, Dornröschens Bett, Rapunzels Haar, dem Huf eines Kelpy –, die man dann an die Reichen und Mächtigen verkaufte ... das war ein Gewerbe, das sich auszahlte. Nichts in dieser Welt wurde mehr begehrt als die Macht, die echte Zauberei verleihen konnte. Konnte es einen besseren Beruf geben? Aber vermutlich war Schatzjäger auch ein Beruf, den Frauen nicht ausüben durften.

»Also, dieses Glas ...«, sagte sie betont gleichgültig, »... es ist wirklich ein Zauberding? Nicht wie das Zeug, das die falschen Hexen am Seven Dials verkaufen?«

Der Blick, den Ofelia ihr zuwarf, war so direkt, dass Tabetha den Kopf senkte, um ihm auszuweichen. Aber offenbar konnte sie ihre Geheimnisse nicht so gut bewahren, wie sie glaubte.

»Na, was sagt man dazu!« Ofelia stieß ein leises Lachen aus. »Du hast bereits eine Scherbe gefunden, oder?«

Sie beugte sich über die Theke und warf den Hobs einen schnellen Blick zu. Sie waren bekannt dafür, nichts für sich behalten zu können.

»Herzlichen Glückwunsch«, flüsterte sie. »Das ist ein kostbarer Fund. Das Glas, nach dem Jakes sucht, ist das Glas, das Blei und Gold beschert. Um diese Zeit wird immer viel darüber gesprochen, denn angeblich wirkt sein Zauber nur am ersten Weihnachtstag.«

Das Glas, das Blei und Gold beschert? Das klang nicht allzu vielversprechend. Vor allem der Teil mit dem Blei.

»Was kann es denn?«, fragte Tabetha. Jeder wusste, dass der Kamm einer Hexe Menschen in Vögel verwandelte, und ein Tischlein-Deck-Dich füllte sich mit Speisen, wann immer man danach verlangte. Aber ein Glas?

Ofelia Fuentes zuckte die Schultern. »Angeblich macht es die Unglücklichen reich, was immer das bedeutet. Aber es gibt viele Geschichten über das Glas.«

»Was für Geschichten?«

Ofelia stellte ein paar schmutzige Krüge in die Spüle und winkte die Hobs herbei, ihr beim Abwasch zu helfen. »Letzte Weihnachten stand in derselben Zeitung, aus der dein Ausschnitt stammt, dass die Feen das Glas gemacht haben. Die Feen, die verschwunden sind, als ihre Seen zufroren. Aber die Zeitungsschreiberlinge schreiben jedes Jahr etwas anderes über das Glas.«

»Du liest Zeitungen?« Tabetha hatte noch nie von einer Frau gehört, die das tat. Ihre Mutter hatte wie sie kaum ihren eigenen Namen lesen können.

Ofelia zuckte erneut die Schultern. »Ich hab es mir angewöhnt, als ich für meinen Vater Elfenblumen-Zwiebeln in alte Zeitungsseiten wickeln musste. Er ist ziemlich ärgerlich geworden, als er mich beim Lesen statt beim Arbeiten ertappt hat. Aber sein Ärger verfliegt schnell. Inzwischen kauft er mir jeden Morgen eine Zeitung.«

Sie fischte mit ihrem handlosen Arm einen Hob aus dem Spülwasser. Er war auf der feuchten Theke ausgerutscht.

»Dieses Jahr«, sagte sie, während sie ein Handtuch über den feuchten Knirps warf, »haben sie einen Antiquitätenhändler zitiert, der schwört, dass ein Erlelf das Glas gemacht und es absichtlich in den Fluss geworfen hat, damit die Temse es als besonderes Weihnachtsgeschenk an Land spült. Das klingt ziemlich albern, finde ich, aber wer weiß? Es gibt so viele schreckliche Geschichten über diese Elfen – diese ist wenigstens mal eine nette.«

Erlelfen, Feen ... die Leute redeten ständig über sie, aber niemand bekam sie je zu Gesicht. Tabetha hoffte sehr, dass weder die einen noch die anderen existierten. Wer wollte schon Unsterbliche um sich haben – Geschöpfe, die weit mächtiger waren, als ein Mensch jemals sein konnte, und, falls die Geschichten stimmten, auch noch unfassbar grausam und hinterhältig? Ihre Mutter hatte ihr Leben lang über sie gesprochen, insbesondere über die Zauberspiegel, die die Erlelfen angeblich gemacht hatten, um in eine andere Welt zu reisen. »Es ist eine Welt, die unserer ganz ähnlich ist«, hatte sie ihr ins Ohr geflüstert, während sie sie in ihren Armen gehalten hatte, um sie zu wärmen, in dem eiskalten, armseligen Kellerraum, in dem Tabetha sie später hatte sterben sehen. »Aber dort heißt Londra London und die Häuser sind alle aus Glas und Silber und so prächtig wie bei uns nur der Palast der Königin. Es gibt dort keine Goldraben, die dich verfluchen können, keine Meerjungfrauen, die arme Fischer wie deinen Vater in den Tod locken, oder Däumlinge, die dir das wenige stehlen, was du besitzt. Nur ganz normale Menschen, die essen und trinken, was immer sie wollen, und niemals krank oder alt werden.«

Tabetha hatte, wenn sie das erzählte, immer heimlich gedacht, dass sie die Däumlinge und Meerjungfrauen, ja selbst die Goldraben vermissen würde. Einmal hatte ihre Mutter geglaubt, sie hätte einen der Zauberspiegel im Schaufenster eines Antiquitätenhändlers entdeckt. Tabetha erinnerte sich noch daran, wie sie sie in den Laden gezogen hatte. Der Rahmen des Spiegels war mit silbernen Rosen bedeckt gewesen, genau wie man es von den Zauberspiegeln sagte. Doch bevor ihre Mutter das Glas berühren konnte, hatte der Ladenbesitzer sie beide gepackt und zurückgezerrt. Tabetha verkaufte ihm inzwischen manchmal die Münzen, die sie am Fluss fand. In ihren Jungenkleidern erkannte er sie natürlich nicht. Vermutlich erinnerte er sich nicht einmal daran, wie er ihre Mutter gepackt und so grob aus der Tür gestoßen hatte, dass sie sich die Knie auf dem Kopfsteinpflaster aufgeschürft hatte. Aber Tabetha erinnerte sich und brachte ihm nie Münzen, die sie für wirklich alt und wertvoll hielt.

Ofelia Fuentes spülte das letzte Glas und reichte es dem Hob, der immer noch versuchte, seine durchgeweichten Kleider mit dem Handtuch zu trocknen. Hobs waren immer tadellos gekleidet und schneiderten ihre Anzüge und Kleider gern so, dass sie denen der Dienstboten in reichen Häusern glichen. Aus der Hobsklappe in der Küchentür tauchte ein weiterer auf. Er kletterte an Ofelias Kleid empor, sprang ihr auf die Schulter und flüsterte ihr etwas ins Ohr. Ofelia nickte, während sie Tabetha den Zeitungsausschnitt zurückgab. Die Fingernägel an ihrer einen Hand waren rot und grün lackiert. Vielleicht mochte sie Weihnachten? Oder sie machte sich darüber lustig. Es war schwer, in ihren schwarzen Augen zu lesen.

»Sag ihr, sie soll noch bleiben«, hörte Tabetha sie zu dem Hob sagen. »Vielleicht brauche ich sie später noch.«

Der Hob nickte und verschwand, während Ofelia eine Staubelfe von ihrer Nase scheuchte. Als sich das Licht in ihren Flügeln brach, schimmerten sie in allen Farben des Regenbogens.

»Falls du meinen Rat hören willst, auch wenn es nicht der von meiner Mutter ist: Erzähl niemandem, dass du eine Scherbe von dem Glas gefunden hast.«

»Natürlich nicht. Für wie dumm hältst du mich?«

»Na ja, mir hast du es erzählt.«

Nein, Tabetha war wirklich nicht sicher, ob sie Ofelia mochte.

»Na ja. Eine einzige Scherbe hat sicher ohnehin nicht viel Zauber in sich.« Ofelia schob sich einen Löffel Suppe in den Mund. »Wahrscheinlich muss man ein neues Glas daraus machen, damit der Zauber wirkt.«

Natürlich. Es irritierte Tabetha sehr, dass sie daran nicht selbst gedacht hatte.

»Ziehst du dich eigentlich gern so an?«, fragte Ofelia und deutete auf ihre groben Hosen und ihre ausgebeulte Jacke.

Tabetha erstarrte. »Wovon redest du?« Sie fühlte sich so entlarvt, dass ihre Stimme heiser vor Scham klang.

Ofelia schaute ihr so direkt in die Augen, dass sie nicht wusste, wie sie diesen Blick erwidern sollte.

»Keiner merkt es, oder? Weil die Leute dumm sind.«

Ofelia hob ihren handlosen Arm und wischte sich ein Irrlicht von der Wange. »Sie schauen dich an, doch sie sehen dich nicht wirklich. Aber ich sehe dich. ›Ofelia‹, sagt meine Mutter immer, ›sieh dir die Welt nicht so genau an.‹ Aber wie soll das gehen? Ich habe mich immer gefragt, wie es sich anfühlt, kurze Haare zu haben. Ich brauche jeden Morgen eine Ewigkeit, um meine zu bürsten.«

Tabetha war nicht sicher, was sie empfand. War sie erleichtert, dass endlich jemand die Wahrheit wusste? Oder war sie irritiert, weil ihr Geheimnis so unverblümt preisgegeben worden war?

»Es hält die Läuse fern«, erwiderte sie kühl. *Und die Hände der Männer*, fügte sie in Gedanken hinzu. Auch wenn sie nicht wusste, ob Ofelia Fuentes diesen Effekt geschätzt hätte. Wozu der Lippenstift und das Rouge, wenn nicht, um diese Hände anzulocken?

»Und ja, ich mag diese Kleider«, fügte sie hinzu. »Ich fand Röcke immer schon lästig. Mein Vater wollte mich nie auf sein Boot lassen, weil man in ihnen so leicht ertrinkt.« Nicht dass ihn seine Hosen gerettet hatten oder seine männliche Stärke, auf die er so stolz gewesen war.

»Du hättest sicher sehr schönes Haar, falls du es jemals wachsen lässt.« Ofelia fuhr mit der Hand durch ihr langes Kastanienhaar. »Ich hab mir immer rotes Haar gewünscht. Wie das der Hexen.«

Sie trug ihres hochgesteckt wie eine erwachsene Frau. Tabetha musste zugeben, dass ihr gefiel, wie das aussah. Und wie die Irrlichter jede Strähne zum Leuchten brachten. Sie versuchte sich vorzustellen, wie sie mit so einer Frisur aussehen würde, mit einem eng anliegenden Kleid statt der zahlreichen Lagen aus Stoff, die ihre wachsenden Brüste verbargen, mit roten Lippen und …

… mit nur einer Hand.

Ofelia zog den Spitzenbesatz an ihrem Ärmel über ihren linken Arm. Es schien ihr sonst nichts auszumachen, aber vielleicht wurde ihr die fehlende Hand bewusst, wenn sie mit jemandem sprach, den sie nicht gut kannte?

»Wenn du magst, kann ich dich zu einem Glasbläser bringen … zu dem, der unsere zerbrochenen Schalen und Gläser heil macht.«

Tabetha steckte den Zeitungsausschnitt zurück in einen ihrer Beutel. »Danke«, murmelte sie. »Ich werde darüber nachdenken.«

Aber das würde sie nicht. Die Dienste eines Glasbläsers waren viel zu kostspielig. *Was soll's,* sagte sie sich, um ihrer Enttäuschung den Stachel zu nehmen. *Ich kann die Scherbe immer noch an den Schatzjäger verkaufen. Und der Zauber ist wahrscheinlich eh nicht sonderlich mächtig. Das Glas, das Blei und Gold … nein, ganz sicher nicht.*

Zwei Hobs hatten auf der Theke eine Schlägerei begonnen. Als sie Tabethas leere Schale über die Kante stießen, rief Ofelia sie mit ein paar scharfen Worten zur Ordnung. Hobs liebten es, sich zu schlagen. Sie waren wesentlich stärker, als ihre Größe vermuten ließ, so stark, dass manche Buchmacher sie gegen Hunde kämpfen ließen und Wetten auf sie abschlossen. Sogar die Königin liebte es angeblich, solche Kämpfe anzuschauen. Limpey behauptete, dass sie in ihrem Palast extra dafür eine Arena hätte bauen lassen und dass die Hobs überraschend oft überlebten, obwohl ihnen nur Nähnadeln als Waffen erlaubt waren.

»Hobs, die sich prügeln, und streitende Gäste … irgendwas geht hier immer zu Bruch.« Ofelia sah den Hobs mit gerunzelter Stirn dabei zu, wie sie die Scherben der Schale zusammenfegten. »Die kann wohl niemand mehr heil machen. Aber wie wäre es, wenn ich das zerbrochene Geschirr, für das noch Hoffnung besteht, zum Glasbläser bringe und so tue, als gehörte deine Scherbe zu meinen Sachen dazu, um unangenehme Fragen zu vermeiden?«

Draußen schneite es immer noch. Einige Flocken klammerten sich an den Scheiben fest: winzige Schneemänner und Schneefrauen, deren zerbrechliche Körper wie Kristalle funkelten. Sie gaben eine köstliche Wärme für kalte Finger ab, wenn man es schaffte, sie aufzufangen, aber man musste vorsichtig sein, da ihre Glieder scharfkantig wie Rasierklingen waren.

Vertraue niemandem, Tabetha. Die Worte waren die einzige Hinterlassenschaft, die ihr von ihrer Mutter geblieben war, zusammen mit einem alten Schal. Sie hatte sie mit ihrem letzten Atemzug geflüstert, und Tabetha hatte sich bemüht, ihrem Rat zu folgen. Aber es war schwer, so zu leben, und eines Tages war die Einsamkeit so schlimm gewesen, dass sie ihr Vertrauen einem älteren Jungen geschenkt hatte. Er hatte sie an den Schornsteinfeger verkauft, der ein Feuer unter ihr angezündet hatte, wenn sie nicht schnell genug geklettert war. Warum sollte sie einem Mädchen trauen, das sie kaum kannte, das mit einem seltsamen Akzent sprach und die Fingernägel ihrer übrig gebliebenen Hand rot und grün lackierte?

»Na schön«, murmelte Tabetha. »Wo hat dieser Glasbläser seine Werkstatt? In der Crystal Lane?« Dort waren die meisten Glasbläser ansässig.

»Ja, Nummer dreiundzwanzig. Hast du die Scherbe bei dir?«

Tabetha schüttelte mit einem herablassenden Lächeln den Kopf. Natürlich nicht. Nur Narren trugen ihre Fundstücke mit sich herum.

»Willst du, dass ich mit dir komme? Wir können sie gemeinsam holen«, sagte Ofelia. »Weihnachten macht die Straßen dieser Stadt nicht unbedingt sicherer und die Scherbe könnte tatsächlich ziemlich wertvoll sein.«

»Nein, ist schon in Ordnung«, entgegnete Tabetha. *Vertraue niemandem.* »Ich bin daran gewöhnt, allein unterwegs zu sein.«

Und ich bezweifele, dass ein einhändiges Mädchen in einem hübschen Kleid eine große Hilfe wäre …

»Steck die Scherbe in den Schnee!«, rief Ofelia ihr hinterher. »Wenn er nicht schmilzt, ist sie nicht Teil von dem Glas. Zumindest behaupten sie das in der Zeitung.«

Nach der Wärme im Inneren des Wirtshauses schnitt die Kälte wie ein Rasiermesser durch Tabethas Lumpen, eine scharfe Erinnerung daran, dass es nicht gut war, sich dadurch zu verweichlichen, dass man zu lange unter einem warmen Dach blieb. Selbst der Mond hing über den Dächern wie eine Scheibe aus Eis, und Tabetha war froh, dass der Ort, an dem sie ihre Fundstücke versteckte, nicht allzu weit entfernt war. Wie die meisten Schlammlerchen bewahrte sie ihre Funde in sicherer Entfernung von ihrem Schlafplatz auf, da Diebe ihr dorthin zu leicht folgen konnten.

Die Straßen waren gefüllt mit Familien, Weihnachtssängern und Bettlern, die am Heiligabend auf etwas Mitleid hofften. Spielzeugmacher verkauften ihre Zinnsoldaten und Spieluhren von leuchtend bunten Karren herab, während hungrige Musikanten mit steif gefrorenen Fingern mehr oder weniger gekonnt Weihnachtslieder spielten. Anfangs blieb Tabetha noch an jeder Ecke stehen, wie sie es immer tat, um sicherzugehen, dass

ihr niemand folgte. Aber sie gab das bald auf, da es unter all den Gesichtern unmöglich war, jemanden wiederzuerkennen.

Nicht alles, was die Schlammlerchen ausgruben, ließ sich auch verkaufen, aber viele von ihnen behielten einige dieser wertlosen Fundstücke trotzdem. Manchmal ließ sich in der Scherbe eines glasierten Tellers ein Blick zurück in eine lang vergessene Zeit erhaschen oder in eine ihnen versperrte Welt, in der Menschen mit Silberlöffeln von kunstvoll bemaltem Geschirr speisten. Tabetha verwahrte ihre Schätze in einem leeren Fass im überwucherten Hinterhof eines verlassenen Hauses, dessen Backsteinmauern die Spuren eines Brandes zeigten. Vorn am Haus schwang immer noch ein Bäckereischild an rostigen Ketten neben einer mit Brettern zugenagelten Tür. Und die alte Frau, die nebenan oft auf den Stufen vor der Eingangstür hockte, erzählte jedem, dass das Haus abgebrannt war, weil der Bäcker betrunken neben seinem Ofen eingeschlafen war.

Der Schnee türmte sich zwischen den rußgeschwärzten Mauern des Hofes, und als Tabetha das Fass endlich von all dem kalten Weiß befreit hatte, war sie noch erleichterter als sonst, dass die Holzschatulle, die sie darin aufbewahrte, unberührt war. Auch sie war ein Geschenk des Flusses. Alle Schlammlerchen hielten die Temse für ein lebendiges Geschöpf, das ihnen, unvorhersehbaren Stimmungen folgend, entweder etwas schenkte oder entriss. Deshalb warfen sie alle von Zeit zu Zeit etwas Wertvolles in das trübe Wasser, um dem Fluss ihre Dankbarkeit zu bekunden und sicherzustellen, dass er es auch in Zukunft gut mit ihnen meinte.

Tabethas Schatulle enthielt viele Schätze: eine zerbrochene Tonpfeife mit einem Faungesicht – die sie so sehr liebte, dass sie es einfach nicht übers Herz brachte, sie zu verkaufen –, ein Stück feinen weißen Porzellans mit blauem Muster, das für ihre Augen dem Schwanz eines Drachen glich, und eine Münze mit fremdartigen Schriftzeichen, von der sie sich ausmalte, dass sie aus dem Besitz eines uralten Stammes von Kriegern stammte, die alle so rothaarig gewesen waren wie sie. Die gerissene Silberkette mit den kleinen Mondsteinen war ein besonders seltener Fund. Die meisten verloren gegangenen Schmuckstücke wurden von den Toshern eingesammelt, die die Kanalisation nach Verkäuflichem absuchten. Zum Glück landeten am Ende aber doch immer noch ein paar Kostbarkeiten im Fluss – wie der Ring, der neben der Kette lag und leider auf keinen von Tabethas Fingern passte. Daneben lag die Scherbe, für die sie hergekommen war. Das Glas war so dünn, dass sie sich stets gewundert hatte, wie es den Fluss hatte überleben können.

Für gewöhnlich waren die Scherben, die sie aus dem Schlamm zog, dickwandig und blassgrün oder braun, aber diese war wie eine dünne Scheibe gefrorener Luft, und die zart eingravierten Umrisse von Feen und Elfen fühlten sich an wie Fäden aus Silber, wenn man mit dem Finger darüberfuhr. Nun, da sie wusste, wie kostbar sie womöglich war, wagte Tabetha kaum, die Scherbe aus der Schatulle zu nehmen. Sie fühlte sich sehr kalt an in ihrer Hand, doch als Tabetha sie in den Schnee steckte, wie Ofelia ihr geraten hatte, schmolz das Glas ihn so rasch wie ein Stück heiße Kohle.

Wie das Herz ihr zu rasen begann! Man hörte oft Geschichten von Gegenständen, die Zauberkräfte besaßen: die Hexenkämme, die Knüppel, die Feinde verprügelten, die Tische, die sich jederzeit mit Essen füllten. Die Königin verfügte angeblich über eine riesige Sammlung solcher Zauberdinge. Doch Tabetha hatte nie jemanden getroffen, dem tatsächlich solch ein Gegenstand gehörte. Sie legte die Scherbe zurück in die Schatulle und schloss den hölzernen Deckel. Die Schatulle war leicht verzogen von ihrer Zeit im Wasser und der Fluss hatte deutliche Spuren auf dem dunklen Holz hinterlassen.

Tabetha lehnte sich gegen das Fass und starrte zum Mond hinauf, der wie eine blasse Münze am Himmel hing. *Vertraue niemandem, Tabetha.* Konnte sie Ofelia Fuentes vertrauen? Überraschenderweise antwortete ihr Herz mit einem entschiedenen Ja. *Nun, dein Herz hat damals auch dem Jungen vertraut, der dich an den Schornsteinfeger verkauft hat,* erinnerte sie sich. *Was sagt dir das über dein Herz?*

»Sieh sich das einer an!«

Die Stimme, die Tabetha hinter sich hörte, klang vertraut.

»Die kleine Schlammratte inspiziert ihre Schätze. Darf ich auch mal schauen? Ich bin ziemlich sicher, dass mich einer ganz besonders interessiert.«

Tabetha drehte sich um.

Bartholomew Jakes schenkte ihr ein verschlagenes Lächeln. »Du bist ein ziemlich guter Lügner, aber nur, bis dir jemand etwas zeigt, was du aufregend findest.« Er deutete auf den Däumling, der aus seiner Manteltasche lugte. »Ich habe ihm aufgetragen, dir zu folgen. Er ist ein hinterhältiger kleiner Dieb, aber ein hervorragender Spion, wenn man ihn gut füttert, und so gut darin, sich unsichtbar zu machen. Er war kaum einen Schritt von dir entfernt, als du mit dem einhändigen Mädchen gesprochen hast. Gib es mir. Das Glas. Komm schon, es ist kalt.«

Eine Schneeflocke landete auf dem schwarzen Leder seines Handschuhs, als er ihr auffordernd die Hand entgegenstreckte.

Tabetha schloss die verfrorenen Finger noch fester um die Schatulle in ihrem Schoß. Nein. Der Fluss hatte *ihr* das Glas gebracht.

»Sag nicht, ich muss dir am Heiligabend die Kehle durchschneiden, Junge!« Der Schatzjäger schlug seinen Mantel zurück, damit sie den Messergriff in seinem Gürtel sah. »Weißt du was? Ich gebe dir zwei Pence, wenn du mir die Scherbe aushändigst, ohne Schwierigkeiten zu machen. Schließlich haben wir Weihnachten.«

»Der Fluss hat sie *mir* geschenkt. Also wird sie bei Euch sowieso nicht wirken.«

»Der Fluss?« Bartholomew Jakes stieß ein freudloses Lachen aus. »Hast du das gehört, Thumbs? Glaub mir, ich habe reichlich Erfahrung mit Schätzen, die nicht freiwillig in meinen Besitz gelangt sind. Es funktioniert immer. Dem Zauber ist es gleich, wer du bist oder ob du ihn verdient hast.«

Der Däumling kicherte und musterte Tabetha mit seinen blassgelben Augen. Der erste Penny, den sie als Schlammlerche verdient hatte, war ihr von einem Däumling gestohlen worden.

»Na los.« Bartholomew Jakes machte einen Schritt auf sie zu. »Es ist so kalt wie in der Gruft eines Vampirs heute Abend. Gib mir deine elende Kiste! Ich bin sicher, nichts darin ist es wert, dafür zu sterben.«

Frohe Weihnachten, Tabetha. Die Welt war ein schrecklicher Ort.

Zwei Männer kamen die Straße entlang. Tabetha sah sie hinter den Überresten der Mauer, die einmal den Hinterhof des Bäckers umschlossen hatte. Doch wem würden sie glauben, wenn sie um Hilfe rief? Dem Mann mit den teuren Stiefeln natürlich.

Es lebten viele Leute in den Häusern links und rechts von ihr, aber wer in diesem Viertel der Stadt lebte, war viel zu sehr damit beschäftigt, selbst am Leben zu bleiben, um jemand anderem zu helfen.

Eine Frau war dort stehen geblieben, wo die rostigen Scharniere an der heruntergebrannten Mauer noch an das frühere Eingangstor erinnerten. Sie war riesig. Selbst aus der Entfernung sah sie beinahe so groß aus wie die Rieslinge, die den Palast der Königin bewachten. *Was schaust du so?*, hätte Tabetha am liebsten zu ihr hinübergerufen. *Wartest du darauf, dass er mich umbringt? Das wäre ein festliches Schauspiel am Heiligen Abend, oder?*

Die Frau stieg über einen Stapel Brennholz, der aus dem Schnee ragte, und kam auf sie zu, mit so langsamen, schweren Schritten, dass sie Tabetha wie ein Baum erschien, dem Beine gewachsen waren. Der tiefe Schnee machte selbst so schwere Schritte lautlos wie die einer Katze, aber Däumlinge sind berüchtigt für ihre scharfen Ohren, und der in Bartholomew Jakes' Tasche alarmierte seinen Herrn mit einem schrillen Kreischen. Der Schatzjäger drehte sich um und griff nach seiner Pistole.

Die Frau blieb stehen, nur wenige Meter entfernt von ihm.

Es war ihre Haut, die sie verriet. Sie war ein Troll. Man bekam ihresgleichen nicht oft zu Gesicht, da sie meist sehr zurückgezogen lebten, aber Tabetha hatte mal einen von ihnen am Hafen gesehen. Er hatte riesige Holzkisten auf ein Schiff getragen, als wären es Säcke voller Federn, und seine Haut hatte dem Holz des Schiffrumpfs geglichen. Die Haut der Trollfrau war dunkler und rau wie Eichenrinde, während ihr schulterlanges Haar so blassgrün wie Birkenlaub im Frühling war.

Trolle konnten das Genick eines Mannes mit nur einem Finger brechen, und es bereitete ihnen keine Mühe, einem Menschen den Kopf abzureißen. Tabetha war nicht sicher, ob das auch auf ihre Frauen zutraf, aber Bartholomew Jakes schien es nicht anzuzweifeln. Der Schatzjäger versuchte, seine Angst zu verbergen – schließlich war es eine Frau, die er fürchtete, was seine Angst noch peinlicher machte –, aber er trat ein paar Schritte zurück, während er seine Pistole auf die Trollfrau gerichtet hielt. Der Däumling war in den Tiefen der Manteltasche verschwunden.

»Lass der Junge in Ruuhe.« Die Trollfrau sagte das sehr ruhig, mit einer Stimme, die klang, als komme sie aus einem tiefen Brunnen, doch sie hatte die rechte Hand zur Faust geballt; einer Faust, die so groß war wie Bartholomew Jakes' Kopf.

»Ich mache gerade Geschäfte mit ihm«, erwiderte er, ohne die Pistole zu senken. »Er hat mir diese Kiste gestohlen. Er kann gehen, sobald ich sie wiederhabe.«

»Lük mir nicht an, kleine Mahn«, sagte die Trollfrau mit ihrem harten, schleppenden Akzent. »Und wech mit die Pistole. Sie mackt mir Lust, dir zu schlagen, nur ein kleines bisschen, uund es ist Weihnachten.«

Tabetha zögerte, als die riesige Frau sie zu sich herüberwinkte, aber in ihrer Lage schien selbst ein Troll die sicherere Wahl. Bartholomew Jakes folgte ihr mit den Augen, aber er versuchte nicht, sie zu packen, als sie, die Schatulle immer noch fest an sich gedrückt, an ihm vorbeiging. Aus der Nähe wirkte die Trollfrau noch einschüchternder, aber zugleich fühlte es sich seltsam beruhigend an, neben ihr zu stehen. Als stünde man unter einem großen Baum.

»Komm uns nich nach«, sagte sie zu dem Schatzjäger, »oder versuch, den Jungen zu fienden. Ich will dein hässliches Gesicht nickt in seine Nähe sehen. Falls dooch, schäl ich es dir von dein Schädel wie die Schale von Kartoffel. Verstanden?«

Der Schatzjäger spuckte in den Schnee. »Ich hoffe, du kochst und frisst ihn«, knurrte er. »Das ist es doch, was deinesgleichen tut, oder? Auch wenn er wohl nicht genug Fleisch auf den Rippen hat für eine Frau von deinen Ausmaßen.«

Die Trollfrau lächelte. Ihre Zähne waren beinahe so grün wie ihr Haar. »Ich bin sicher, du weißt alles über Menschenfresser, kleine Mann. Ihr Schatzjäger plündert gern ihre Hölen für die Besitztühmer ihrer Opfer, stiemt's? Mein Tante hat gern erzählt, dass ihr Reisende zu Menschenfresserhölen lokt, damit sie euch das Töten abnehmen und ihr nur noch das Blut von die Habseligkeiten wischen müsst.«

Bartholomew Jakes schob die Pistole zurück in den Gürtel.

»Wir sehen uns wieder«, sagte er. »An einem anderen Ort. Man begegnet sich immer zweimal im Leben.«

»Was immer du sakst.« Die Hand der Trollfrau legte sich auf Tabethas Schulter wie eine riesige warme Decke. »Sag dem Geschöpf in deine Tasche: Wenn es sich noch mal in Haus der Fuentes schleicht, zermahl ich seine Knochen und würze damit meine Supe.«

Dann winkte sie Tabetha mit sich und ging zurück zur Straße.

Die Trollfrau stellte sich als Borga vor. Mehr sagte sie nicht, während sie sich auf den Weg zur Crystal Lane machten. Tabetha war dankbar für das Schweigen, denn sie war immer noch sehr aufgebracht darüber, dass sie nicht allein mit dem Schatzjäger fertiggeworden war. Es erfüllte sie mit Stolz, dass sie beinahe sechs Jahre lang ohne ihre Mutter überlebt hatte, und sie hasste es, daran erinnert zu werden, wie jung und verwundbar sie war.

Es war ein langer Weg bis zur Crystal Lane. Sie ließen die ärmeren Viertel am Fluss hinter sich und durchquerten die Bezirke der Reichen mit ihren Parks und Pferdekutschen, mit Straßen, die von prächtigen Villen gesäumt wurden und wo an jeder Ecke Polizisten standen, die Schlammlerchen zur Kenntnis nahmen, indem sie sich angewidert die Nase zuhielten. Tabetha kam nur selten in diesen Teil Londras. Die meisten Händler, denen sie Münzen oder Tonscherben verkaufte, lebten und arbeiteten näher am

Fluss, und üblicherweise kam sie sich schmutzig und armselig vor zwischen all den Samtkleidern, Pelzmänteln und polierten Stiefeln. Doch sie hatte sich noch nie mit einer Trollfrau durch die Straßen der Reichen bewegt. Es war, als würde man einem Viermaster die Temse hinabfolgen. Die meisten Gesichter wurden feindselig beim Anblick der riesigen Frau, doch statt zur Seite gedrängt oder angepöbelt zu werden, wie es Tabetha sonst in diesem Bezirk geschah, blieben die Pelzmäntel und Kutschen unvermittelt stehen oder machten hastig Platz für die Trollfrau und die Schlammlerche.

Als sie schließlich die Crystal Lane erreichten, in der seit mehr als sieben Jahrhunderten die Werkstätten der Glasbläser ansässig waren, wartete Ofelia bereits vor dem größten Laden. Eine goldene Dreiundzwanzig war in das Holz der reich verzierten Eingangstür graviert.

Borga nickte Ofelia zu und murmelte: »Ich muss zurük zu meine Supen.« Dann verschwand sie in der nächsten Seitengasse, vorbei an einer Zwergenfrau, die an der Ecke heiße Röstkastanien verkaufte, und an einem Mann, der beim Anblick der Trollfrau ein Wasserfass fallen ließ.

»Ich hoffe, Borga hat keine Gliedmaßen ausgerissen oder Köpfe eingeschlagen?«, fragte Ofelia. »Sie ist eine gute Köchin, aber sie kann ziemlich aufbrausend sein.«

»Ich habe ihre Hilfe nicht gebraucht«, sagte Tabetha. Ihr Stolz war verletzt, und sie verfluchte sich noch immer dafür, dass sie nicht häufiger über die Schulter geschaut oder den heimtückischen Däumling in der Suppenküche entdeckt hatte. Ihr einziger Trost war, dass er auch Ofelia nicht aufgefallen war.

»Natürlich nicht. Niemand von uns braucht Hilfe, oder?«, sagte Ofelia und griff in den Korb, den sie bei sich trug. Sie brachte ein Paar Stiefel zum Vorschein. »Ein Gast hat die nach mir geworfen, also hab ich sie behalten. Schön sind sie nicht, aber da dir so was ja egal ist … Ich habe sie vorne mit Zeitungspapier ausgestopft, weil sie garantiert zu groß sein werden.«

Nein, danke, wollte Tabetha sagen. *Wenn ich bessere Schuhe brauche, kaufe ich mir welche. Wofür hältst du dich, dass du mir Stiefel schenkst und deine Trollfrau hinter mir herschickst? Ich bin all die Jahre sehr gut ohne dich ausgekommen.* Aber ihre Füße waren in den feuchten, ausgetretenen Schuhen, die sie trug, inzwischen so kalt, dass sie Sorge hatte, ihre Zehen zu verlieren, wie es Limpey im letzten Winter mit zweien passiert war. Und die Stiefel sahen ziemlich neu und ganz und gar nicht schlecht aus.

»Ich werde ein paar Münzen finden und sie damit bezahlen«, sagte sie, während sie ihre löchrigen Stiefel auszog und in das neue Paar schlüpfte. »Hat die Trollfrau schon immer bei deiner Familie gelebt?« Es fühlte sich gut an, trockene Füße zu haben.

»Nein. Mein Vater war ihr mal bei irgendwas behilflich. Sie reden nicht darüber, aber seit damals kocht Borga für uns. Hast du die Scherbe mitgebracht?«

Tabetha schlang die Arme fest um die Schatulle. »Ja.«

»Hier.« Ofelia reichte ihr eine Serviette. »Wickle sie darin ein und leg sie in meinen Korb. Wie gesagt: Ich glaube, wir tun besser so, als würde sie mir gehören.«

»Warum?« *Vertraue niemandem, Tabetha.*

Ofelia schaute zum dunklen Himmel auf. Es hatte erneut zu schneien begonnen. »Ich habe nur eine Hand«, sagte sie, ohne den Blick auf Tabetha zu richten. »Versuch mal, dir mit nur einer Hand Schnürsenkel zuzubinden. Oder dir die Haare hochzustecken. Ich muss dann und wann um Hilfe bitten. Vielleicht fällt es mir deshalb leichter, anderen zu trauen.«

Vielleicht. Vielleicht ist es auch leichter, anderen zu trauen, wenn der eigene Vater für die Königin arbeitet, dachte Tabetha, aber sie öffnete ihre Schatulle und schlug die Scherbe in die Serviette ein.

»Lass mich mit ihm reden«, sagte Ofelia, als Tabetha das kleine Bündel in ihren Korb legte. »Arthur Soames ist kein besonders netter Mann und an Weihnachten hat er immer besonders schlechte Laune. Er behauptet, das liegt daran, dass seine Kunden so viel von dem Weihnachtsschmuck, den er macht, zerbrechen, aber wenn du mich fragst, braucht Arthur Soames keinen Grund für seine Übellaunigkeit. Er ist einfach so bitter wie Wacholdersaft.«

Ein Dutzend bunter Glasglöckchen läuteten über der Tür, als Ofelia sie öffnete. Der Mann im Innern des Ladens erinnerte Tabetha an einen wütenden Lebkuchenmann mit seinem sich

lichtenden Haar, den runden Wangen, den Rosinenaugen und Lippen, die so fest aufeinandergepresst waren, dass sie gut als dünner Strich aus Zuckerguss hätten durchgehen können. Er war dabei, ein paar große Vasen auf einem Regal zurechtzurücken, als sie in den Laden traten.

»Ofelia Fuentes! Nicht du schon wieder!«, empfing er sie. »Sag deiner Mutter, sie soll dir endlich beibringen, dass es Gästen nicht erlaubt ist, einander Gläser auf den dummen Schädeln zu zerschlagen!«

Er musterte Tabethas schäbige Kleidung mit einem so missbilligenden Blick, dass sie sehr versucht war, eine seiner sorgsam arrangierten Vasen an seinem Lebkuchenkopf zersplittern zu sehen. Aber eins musste sie zugeben: Sein Laden war angefüllt mit so wundersamen Glasdingen, wie sie sie nie zuvor in ihrem Leben gesehen hatte. Der Weihnachtsbaum, der fast ein Drittel des Ladens einnahm, war dicht behängt mit Glaskugeln in jeder Farbe des Regenbogens. Glasengel spreizten zarte Flügel an den immergrünen Zweigen neben winzigen Glaspaketen mit Glasbändern und -schleifen, Glaseinhörnern, Glasmeerjungfrauen und sogar Glasdrachen. Als Tabetha nicht widerstehen konnte und eine winzige Fee berührte, packte Arthur Soames ihren Arm und zerrte sie grob zurück.

»Gesindel von der Straße hat keinen Zutritt in meinem Laden, Ofelia«, sagte er. »Wer ist das? Eins der Wohltätigkeitsprojekte deiner Mutter?«

Oh ja, Tabetha wollte mehr als nur eine Vase an seinem Kopf zerschlagen.

»Er arbeitet ebenso hart wie Ihr, Señor Soames«, erwiderte Ofelia, während sie ihren Korb auf dem Tresen leerte.

»Stinkt er deshalb nach totem Fisch und Schiffsöl?« Der Glasbläser rückte einen Glasdrachen an dem Weihnachtsbaum zurecht und trat hinter seinen Tresen. »Wie viele Gläser sind es diesmal?«

»Zehn. Und sechs Suppenschalen. Und … das hier.«

Das Gaslicht, das den Laden erhellte, fing sich in der Scherbe wie in einem Stück Eis, als Ofelia sie auswickelte.

Arthur Soames beugte sich über die Scherbe und sagte lange kein Wort.

»Du lieber Himmel«, murmelte er schließlich. »Das ist ein Bruchstück des …«

»Nein, leider ist es das nicht«, unterbrach Ofelia ihn. »Es ist bloß die Scherbe einer Kopie. Sie waren, wie Ihr Euch vielleicht erinnert, in großer Mode, als meine Mutter jung war. Das Glas hat dennoch einen großen sentimentalen Wert für sie, denn es war ein Geschenk meines Vaters, und nun hat es einer der Hobs zerbrochen. Bitte, Señor Soames, Ihr müsst es reparieren, bevor sie aus Metragirta zurückkommt.«

Oh, sie war eine sehr begabte Lügnerin. Selbst Tabetha hätte ihr beinahe geglaubt.

Arthur Soames holte ein Vergrößerungsglas aus einer Schublade. Die goldeingefasste Linse war größer als Tabethas Faust.

»Ich habe nie verstanden, wie eine so vernünftige Frau wie deine Mutter es erträgt, mit Hobs zu arbeiten«, murmelte er, während er die Scherbe durch die Lupe in Augenschein nahm. »Sie haben ein Spatzenhirn und sind ausgesprochen kindisch. Eine Kopie, sagst du … nun, sie war erstaunlich gut. Die Gravuren sind ohne Zweifel das Werk eines Meisters.«

»Ja, meine Mutter war immer sehr stolz auf das Glas.« Ofelias Stimme klang so gelassen, als beunruhigte sie Arthur Soames' misstrauisches Nachhaken nicht im Geringsten. Tabetha konnte sich eines Anflugs von Bewunderung nicht erwehren.

»Deine Mutter ist eine Blume, die in unserem ewigen Regen verwelkt. Aber dein Vater hat ja einige Übung darin, tropische Gewächse in unserem Klima am Leben zu halten. Ich habe gehört, dass die Königin eine ausgewachsene Schwäche für exotische Pflanzen hat.« Als der Glasbläser die Scherbe umdrehte, um sie von der anderen Seite zu inspizieren, sah Tabetha, dass seine Finger mit Brandblasen bedeckt waren. Keine Überraschung, wenn man die feurige Natur seiner Arbeit bedachte.

»Ich habe deiner Mutter mal eine Sonne als Schmuck für ihren Weihnachtsbaum angefertigt«, murmelte Arthur Soames. »Sie hatte neunundneunzig Strahlen, geblasen aus hellgelbem Glas. Ich frage mich, was aus ihr geworden ist. Ich bin sicher, diese törichten Hobs haben sie ebenfalls zerbrochen.« Er hob den Kopf. »Wo sind die anderen Scherben dieser Kopie?«

»Die Sonne hängt immer noch an unserem Baum«, erwiderte Ofelia. »Aber was das Glas anbelangt: Die Hobs haben alle anderen Scherben weggeworfen, um ihr Missgeschick zu vertuschen. Ich hatte großes Glück, dass ich diese noch unter dem Bett meiner Mutter entdeckt habe.«

Die Lügen kamen ihr so leicht über die Lippen, als wüchsen sie ihr auf der Zunge.

»Es ist ein Vorteil unserer strengen Winter, dass sie die Zahl der Hobs stark dezimieren«, stellte Arthur Soames fest. »Ich bin sicher, dass die letzte Typhus-Epidemie von ihnen verursacht wurde. Sie waschen sich nicht und vermehren sich wie Mäuse. Mich schaudert es schon bei dem Gedanken, einen von ihnen in meiner Werkstatt zu haben.«

»Wer hilft Euch denn dann mit dem Feuer und dem Ofen?« Tabethas Neugier gewann die Oberhand über die Abneigung, die sie gegen den Glasbläser empfand. »Habt Ihr nur menschliche Helfer?«

Arthur Soames blickte so überrascht, als hätte ein Fisch zu sprechen begonnen. »Jeder Glasbläser, der etwas auf sich hält, arbeitet ausschließlich mit Feuerelfen. Sie bringen das Glas wesentlich schneller zum Schmelzen und sie verbrennen sich nicht die Hände daran.«

Er legte die Scherbe in eine kleine Schachtel und stellte sie neben Ofelias zerbrochene Schalen und Gläser.

»Ein neues Glas aus einer Scherbe herzustellen, ist ein sehr schwieriger Prozess, außerdem muss ich die Gravuren anpassen. Also würde ich sagen ...« Er runzelte die Stirn und kritzelte ein paar Zahlen auf einen Bogen Papier. »Einen Schilling für das Glas, drei Pence für den Rest. Und solltest du auf einen Rabatt hoffen: Nein, den gewähre ich auch nicht an Weihnachten.«

Tabetha sah, wie Ofelia tief Luft holte. Ein Schilling. Um den zu verdienen, musste man viele Schalen Suppe verkaufen. Doch als Ofelia antwortete, klang ihre Stimme erneut unbeeindruckt: »Das ist in Ordnung. Kann ich die Hälfte jetzt zahlen und die andere nächste Woche?«

Arthur Soames krauste die Stirn und warf einen Blick auf die

Scherbe. »Solange du niemandem erzählst, dass ich dir solche Sonderbedingungen einräume. Es wird alles morgen fertig sein. Einer meiner Laufburschen bringt die Lieferung vorbei, auch wenn ich jetzt schon ihre Klagen höre, weil ich sie am Weihnachtstag arbeiten lasse.«

Er deutete auf Ofelias handlosen Arm, als sie den Henkel ihres Korbes darüberschob. »Ich habe deiner Mutter gesagt, dass ich dir eine wunderschöne Hand aus Glas anfertigen könnte. Ich habe ihr einen guten Preis geboten.«

Das Lächeln, das Ofelia ihm zuwarf, war so kalt wie die Schneeflocken, die an seinem Ladenfenster vorbeiwirbelten. »Vielen Dank, Señor Soames. Aber ich würde sicher schon in der ersten Woche mindestens einen Finger abbrechen. Außerdem gibt es sehr viel weniger einhändige Mädchen in dieser Stadt als zweihändige. Frohe Weihnachten.«

Ein Chor von Weihnachtssängern stand vor dem Laden gegenüber und sang von Frieden auf der Welt, als Ofelia Arthur Soames' Tür hinter sich zuzog. Die Kleider der Sänger waren mit den glimmenden Schwärmen von Irrlichtern bedeckt. Schon ein paar Tropfen Honig lockten sie an. Tabetha wusste das vom Zahnlosen Harry, der während der Feiertage jeden Abend als Weihnachtssänger arbeitete und behauptete, dass er damit zweimal so viel verdiente wie als Schlammlerche. Aber Harry war mit der Stimme eines Engels gesegnet – auch wenn nichts sonst an ihm engelsgleich war.

Wie hast du deine Hand verloren? Die Frage saß Tabetha auf der Zunge, seit sie Ofelia zum ersten Mal gesehen hatte. Sie hatte es ein paarmal geschafft, sie herunterzuschlucken, aber die Frage wollte einfach heraus, wie etwas, das ihr den Mund verbrannte. Ofelia schien das zu spüren. ›Nicht du auch noch‹, sagte der Blick, den sie ihr zuwarf, und Tabetha wünschte, dass sie ihre Neugier hätte verbergen können.

»Ich bin so zur Welt gekommen«, sagte Ofelia. »Vielleicht bist du ja auch in Männerkleidung geboren worden?« Sie schlang sich den Schal so leichtfingrig um den Hals, dass Tabetha hätte schwören können, sie hätte doch zwei Hände. »Willst du bei uns im Wirtshaus auf das Glas warten, oder hast du einen wärmeren Ort, den du Zuhause nennst?«

Die Irrlichter verschwammen vor Tabethas Augen. Tränen. *Reiß dich zusammen!*, schalt sie sich. *Etwas Weihnachtsstimmung und schon heulst du los.*

»Besonders warm ist es da eigentlich nicht«, sagte sie mit belegter Stimme, »und ein Zuhause würde ich es auch nicht nennen.«

»Na, dann schlage ich vor, du kommst mit mir«, sagte Ofelia.

Aber als sie sich umwandte, stand Tabetha noch immer vor Arthur Soames' Ladentür.

»Ich werd' dir das zurückzahlen«, sagte sie zu dem älteren Mädchen. »Jeden Penny. Es wird eine Weile dauern, aber ich werde es tun.«

»Nicht, wenn wir uns beide heute Abend in dieser Kälte den Tod holen«, erwiderte Ofelia. »Beeil dich, sonst bereue ich es, dich eingeladen zu haben.«

Aber Tabetha rührte sich nicht. »Du bist eine sehr gute Lügnerin.«

Ofelia schaute sie an, mit nachtschwarzen Augen.

»Das stimmt«, sagte sie. »Ich liebe es, mir Lügen auszudenken.

Es ist wie Geschichten erfinden. Mein Vater sagt, ich sollte eines Tages Schriftstellerin werden. Eine linkshändige natürlich.«

Sie wandte sich erneut um und begann, die Straße hinunterzugehen, vorbei an den Sängern und der Zwergin mit den heißen Kastanien.

Tabetha zögerte immer noch, aber schließlich folgte sie Ofelia. Es war wirklich eine sehr kalte Nacht.

Tabetha schlief auf einer Bank in der Küche der Fuentes. Es war mit Abstand der wärmste Ort, an dem sie seit Jahren übernachtet hatte. Borga war noch dabei, zu kochen, als sie zurückkamen. Ihr Kopf stieß beinahe an die Decke, denn das Haus war eins der ältesten in Londra, eins von denen, die den Großen Brand überstanden hatten. Die zehn Hobs, die der Trollfrau zur Hand gingen – Männer, Frauen und Kinder –, hätten allesamt auf eins der hölzernen Schneidebretter gepasst. Einige von ihnen beklagten sich mit ihren zwitschernden Stimmen, dass sie bis zum Morgengrauen würden arbeiten müssen, wenn sie all die Weihnachtsvorbestellungen schaffen wollten, die die Fuentes angenommen hatten. Aber Borga brachte sie mit einem ungeduldigen Grunzen zum Schweigen, und Tabetha schlief ein zum Klang eines Liedes, das die Trollfrau vor sich hin summte. Es war zugleich traurig und erstaunlich wohlklingend.

Borga war nicht mehr da, als Tabetha aufwachte, und die Hobs schliefen zwischen Stapeln von abgewaschenen Töpfen und Pfannen. Das Morgenlicht drang durchs Fenster, und in den blassen Strahlen tanzten ein paar Graselfen, aber schöne Träume hatten sie Tabetha nicht gebracht. Sie erinnerte sich nicht an viel, aber es war kein guter Traum gewesen. Arthur Soames und Bartholomew Jakes' Däumling waren darin vorgekommen, und Ofelia – mit sechs Händen, die alle ein zartes, langstieliges Glas hielten.

Sie war nirgends zu sehen, als Tabetha sich im Restaurant nach ihr umschaute. Ein Mädchen namens Sue, das sie schon einige Male hinter der Theke gesehen hatte, erzählte ihr, dass Ofelia ausgegangen war. Nichts weiter. Als das Mädchen die Tür für die ersten Gäste öffnete, war sie immer noch nicht zurück, und auch Arthur Soames' Laufbursche tauchte nicht auf. Nachdem Tabetha mehr als zwei Stunden gewartet hatte, wäre sie am liebsten zum Fluss hinuntergegangen – sein stetig dahinfließendes Wasser brachte ihre Gedanken schließlich immer zur Ruhe. Aber sie fürchtete, dass die Lieferung in ihrer Abwesenheit eintreffen würde, also blieb sie und wartete.

Und wartete.

Und wartete.

Und wartete.

Es war bereits früher Nachmittag, als Ofelia zurückkehrte, mit Wangen, die die Kälte ebenso rot gefärbt hatte wie ihre Lippen. *Wo warst du?*, wollte Tabetha fragen, aber sie tat es nicht. *Es wird schon alles in Ordnung gehen*, sagte sie sich. Sie schaffte es sogar, Ofelia anzulächeln, aber die lächelte nicht zurück. Sie sagte kaum ein Wort zu ihr, fast, als wären sie sich noch nie begegnet, und im Lauf der nächsten zwei Stunden erntete Tabetha bloß ein paar leere Blicke von ihr, während sie Ofelia dabei beobachtete, wie sie Matrosen und Hafenarbeitern Suppe servierte, mit einem Lächeln, das nur auf ihren Lippen war.

Du kennst sie überhaupt nicht, flüsterte Tabethas Herz. Oder was auch immer da manchmal in ihrem Inneren flüsterte. *Wie konntest du ihr vertrauen, obwohl du sie gerade erst kennengelernt hast? Wieso? Warum?* Sie stellte sich diese Fragen wieder und wieder, während sie sich in dem überfüllten Restaurant immer unsichtbarer vorkam und Ofelias Augen ihr auswichen wie die der reichen Frauen, die auf der Straße an ihr vorbeigingen. Sie hätte es besser wissen müssen! Das Kleid, der Lippenstift, ja selbst der Akzent … und all die raffinierten Lügen! Und Tabetha hatte ihr den einzigen wertvollen Besitz anvertraut.

Als die Uhr drei schlug, war das kleine Restaurant so voll, dass sich draußen vor der Tür eine Schlange gebildet hatte. Aber die Lieferung von Arthur Soames war immer noch nicht gekommen.

Sie kam weder um vier noch um fünf Uhr, als der Laternenmann draußen die Gaslichter anzündete. Ofelia bediente gerade einen Mann, dessen Gesicht mit Tätowierungen von Meerjungfrauen und Wassermännern bedeckt war, als Tabetha nach ihrem Arm griff.

»Warum ist das Glas noch nicht hier?«

Der Tätowierte warf ihr einen finsteren Blick zu. Eins war klar: Die Gäste würden sich auf Ofelias Seite stellen und nicht auf die einer Schlammlerche, die sich aus der Kälte hierher geflüchtet und auf der Küchenbank geschlafen hatte.

»Ich weiß nicht. Vielleicht hat Soames es nicht geschafft. Vielleicht hat die Scherbe nicht gereicht.« Ofelia schaute sie nicht an. Sie klang müde und als wäre sie ganz woanders.

Oder wie jemand, der etwas verheimlichte.

»Du hast mit Mr Soames eine Abmachung getroffen! Deshalb ist sein Laufbursche nicht gekommen. Deswegen hast du mich von eurer Trollfrau verfolgen lassen! Du hast das von Anfang an geplant.«

»Was geplant?« Ofelia befreite ihren Arm aus ihrem Griff, mit einer Kraft, die Tabetha überraschte.

»Du hast es mir gestohlen! Das hast du geplant. ›Wir tun besser so, als würde sie mir gehören.‹ Ich wette, du hast Soames gesagt, dass er das Glas erst liefern lassen soll, wenn die dumme Schlammlerche nicht mehr hier ist!«

Der Mann mit den Tätowierungen baute sich hinter Ofelia auf. Die Meerjungfrauen auf seiner Stirn bewegten sich. Wahrscheinlich hatte er sich Elfenstaub in die Haut gerieben.

»Das ist eine wilde Geschichte.« Ofelias Stimme war aus Eis. »Ich wusste nicht, dass du auch eine gute Geschichtenerzählerin bist.«

»Ich bin ganz bestimmt keine so begabte Geschichtenerfinderin wie du – oder sollte ich sagen: Lügnerin?« Tabetha hasste die Worte, die ihr über die Lippen kamen, aber sie hasste es noch mehr, sich wie eine Närrin zu fühlen. »Das Glas war für mich bestimmt. Es ist das erste Mal, dass etwas Gutes zu mir gekommen ist, und du hast es mir gestohlen!«

Ofelia schaute sie bloß mit ihren schwarzen Augen an, die so anders waren als die gänsegrauen Augen, die Tabetha von ihrer Mutter geerbt hatte.

»Undankbar! Daas bist duh!«

Alle Gäste zogen die Köpfe ein, selbst der tätowierte Mann. Borga stand in der offenen Küchentür. Sie füllte den Türrahmen besser als die eigentliche Tür.

»Abe natulich. Du bist bloos eine böse, dumme Schlammslerche, die naach Fisch stienkt. Lass sie in Ruuhe!«

Borga kam mit geballten Fäusten hinter dem Tresen hervor. Tabetha glaubte sie schon überall auf ihrem Körper zu spüren, doch die Trollfrau blieb stehen, als Ofelia ihr in den Weg trat.

»Sie ist nicht mal ein Junge!«, sagte sie. »Also, wer ist die Lügnerin? Sie traut niemandem. Und sie interessiert sich nur für sich selbst. Lass sie gehen. Mir ist egal, was sie sagt.«

Sie blickte Tabetha ein letztes Mal mit ihren schwarzen Augen an, dann drehte sie sich um und scheuchte die Hobs, die auf der Theke standen, als hätte der Winter sie dort festgefroren, zurück an die Arbeit.

»Ich hätte es wissen müssen! Ein einhändiges Mädchen …« Tabetha hasste ihre eigene Stimme, so schrill, so verletzt, wie die eines kleinen Mädchens, das neben seiner toten Mutter saß, ganz allein, für immer. So wütend, so voller Angst. Verfluchtes Weihnachten. Es brachte alles zurück. Aber die Worte kamen weiter. »Ja, ein einhändiges Mädchen!«, schrie sie. »Dass du so geboren wurdest, war sicher auch eine Lüge! So werden Diebe bestraft: Man hackt ihnen eine Hand ab!«

Borga machte einen schweren Schritt auf sie zu.

»Raus jetzt!«, brüllte sie.

Einige der Gäste begannen mit den Füßen zu scharren, weil sie sich fragten, ob das auch ihnen galt.

»Du hast gar keine Hände, Tabetha Brown«, sagte Ofelia ruhig, »und du weißt es nicht mal.«

Ihre Worte folgten Tabetha nach draußen. Sie schlug die Tür so fest hinter sich zu, dass das Metallschild gegen die Fassade des alten Hauses prallte, mit einem Widerhall, der so hohl wie eine Begräbnisglocke klang.

Diesmal folgte Tabetha keiner Trollfrau, die ihr eine Gasse durch die Menge bahnte, als sie sich auf den langen Weg zurück zur Crystal Lane machte. Doch inzwischen hatte das Weihnachtsfest die Straßen geleert und die Häuser gefüllt. Nachdem sie eine halbe Stunde lang durch die verlassene Innenstadt gerannt war, stand sie atemlos und mit zitternden Knien erneut vor Arthur Soames' Laden, sich die eisige Luft aus den Lungen hustend.

Der Laden war dunkel, abgesehen von den Irrlichtern im Weihnachtsbaum, und ein GESCHLOSSEN-Schild hing hinter dem Glas der Tür.

Tabetha spürte, wie sich ihr vor Verzweiflung der Magen zusammenzog. Da hatte der Fluss sie dieses eine Mal versucht, für all das Elend der letzten Jahre zu entschädigen, und sie hatte sein Geschenk fortgeworfen – weil sie ihrem verfluchten Wunsch nach Vertrauen und Liebe nachgegeben hatte.

Sie bückte sich nach einem Stein, um Arthur Soames' kostbares Fenster einzuwerfen, als ihr etwas in den Sinn kam, das Midget ihr beigebracht hatte, ein paar Wochen, bevor der Wassermann ihn getötet hatte. Sie brauchte eine Weile, um zwischen den Kopfsteinen eine Haarnadel zu finden, aber schließlich entdeckte sie eine, und nach ein paar vergeblichen Versuchen gab das Schloss in Arthur Soames' Tür nach.

Der Glasschmuck an dem Weihnachtsbaum schimmerte im Dunkeln noch geheimnisvoller, aber Tabetha wollte nur alles herunterreißen und zerschlagen. Sie fand eine Tür hinter dem Tresen und hinter der Tür eine steile Treppe, die zu einer weiteren Metalltür im Keller hinabführte. Unter ihr schimmerte Licht hervor, und Tabetha konnte die Hitze spüren, die durch das Metall drang, als wäre in Arthur Soames' Keller der Eingang zur Hölle verborgen.

Die Tür war nicht verriegelt. Tabetha öffnete sie gerade weit genug, um hindurchlugen zu können. Was sie sah, ließ sie die Tür fast wieder schließen. In dem fensterlosen Raum dahinter schwärmten Feuerelfen so dicht wie Bienen in einem Bienenstock. Ihre Stachel waren angeblich tödlich, und ihre verbissenen roten Gesichter machten ganz den Eindruck, als könnten sie es kaum abwarten, sie zu benutzen. Tabetha wagte es erst, durch die Tür zu schlüpfen, als sie sich alle um ein steinernes Becken im hinteren Teil des Raumes versammelten, das mit geschmolzenem Glas gefüllt war.

Die Feuerelfen summten vor Aufregung, während einige von ihnen Fäden der heißen Masse wie flüssiges Garn in die Höhe zogen und zu einem Regal mit halb fertigen Schalen und Vasen trugen. Tabetha konnte den Blick nicht von ihnen wenden. Sie sah Arthur Soames erst, als eine der Elfen versehentlich einen Tropfen des geschmolzenen Glases auf seine Schulter fallen ließ. Er bemerkte es nicht. Arthur Soames saß an einer Werkbank und vor ihm stand ein Glas mit schlankem Stiel. Er starrte es an, ohne sich zu rühren, als hätte er seit Stunden nichts anderes getan. Erst als Tabetha sich dem Tisch näherte, hob er den Kopf.

»Ah, du bist es«, sagte er. »Ich muss wohl nicht fragen, wie du durch die verschlossene Tür gekommen bist. Ich musste nur einen Blick auf dich werfen, um zu sehen, dass du ein Dieb bist.«

»Ihr seid der Dieb«, erwiderte Tabetha. »Dieses Glas gehört mir. Ich habe die Scherbe am Fluss gefunden.«

»Ach ja? Wen interessiert's? Meinst du, irgendjemand wird dir glauben? Oder der einhändigen Tochter einer Frau, die man hinter ihrem Rücken eine Hexe nennt? Ihr habt mich beide angelogen. Dies ist das wahre Glas, das Blei und Gold beschert. Ich habe es von Anfang an vermutet und die Feuerelfen haben es bestätigt. Zauberdinge ziehen sie an und diese angebliche Kopie hat sie völlig aus dem Häuschen gebracht.«

Tabetha hörte nicht wirklich zu. *Oder der einhändigen Tochter einer Frau, die man hinter ihrem Rücken eine Hexe nennt?* Sie war so glücklich. So lächerlich glücklich. Bis sie sich an ihre eigenen Worte erinnerte. All die Worte, die sie Ofelia ins Gesicht gespien hatte – Gift, das die Jahre der Einsamkeit gebraut hatten.

Zwei Feuerelfen kreisten über dem fertigen Glas. Die riesigen Insektenaugen nahmen fast die Hälfte ihrer Gesichter ein und ihre roten Körper spiegelten sich in dem Gefäß wie tanzende Flammen. Arthur Soames war ein solcher Meister seines Handwerks, dass er die von Tabetha aus dem Flussschlamm gegrabene Scherbe in ein Glas von solcher Perfektion verwandelt hatte, dass nicht einmal sie das ursprüngliche Stück darin entdecken konnte. Die Gravuren gingen nahtlos ineinander über und entlang des Randes zog sich eine feine Linie aus Gold.

»Ja, schau es dir ruhig an! Glaubst du immer noch, es wäre deins?« Arthur Soames' Gesicht glänzte vor Schweiß und Stolz. »Schau dir an, was meine Hände aus dieser elenden Scherbe gemacht haben. Die Elfen und ich haben dem Glas seine Form und Schönheit zurückgegeben, die wahre Form, die seinem Zauber entspricht. Bei dir wäre es nur ein nutzloses Überbleibsel seiner früheren Großartigkeit geblieben, für immer zerbrochen.«

»Es gehört trotzdem mir«, wiederholte Tabetha, obwohl das Summen der Elfen, die Soames umschwirrten, zu einem wütenden Chor anschwoll. »Der Fluss hat es mir geschenkt, nicht Euch.«

Der Glasbläser hob sein Werk hoch und musterte es von allen Seiten. »Ah ja, der Fluss. Du glaubst sicher auch an die Geschichten von dem unsterblichen Elf, der das Glas gemacht und es in die Temse geworfen hat, um seinen Zauber mit menschlichem Abschaum wie dir zu teilen?«

Er schnippte mit den Fingern, und die Feuerelfen umschwärmten Tabetha so dicht, dass sie ihre Hitze auf der Haut spürte. Sie versuchte, sich an die Kälte draußen zu erinnern, um den Schmerz zu lindern. Aber alles, was sie spürte, war Feuer.

»Sie werden dich töten, wenn ich es ihnen befehle«, sagte Arthur Soames. »Also benimm dich. Du darfst dabei zusehen, wie ich den Zauber demonstriere, den das Glas, das Blei und Gold beschert, bewirken kann, wenn die Hand eines Meisters es wieder zum Leben erweckt hat.«

Er griff nach einem mit Wasser gefüllten Becher und goss einiges davon in das Glas. Dann leerte er es mit ein paar Schlucken und wischte sich mit einem Taschentuch über die papierdünnen Lippen.

»Wohlan, Arthur!«, sagte er zu sich selbst. »Es ist Zeit, an etwas Tragisches zu denken. An etwas wirklich Herzzerreißendes. Tiefstes Elend. Wie wäre es mit dem Tod deines Vaters? Nein … vielleicht das Ableben deiner zweiten Frau?«

Er fuhr sich über die Wangen. »Nichts? Nun …« Er runzelte die Stirn. Und lächelte. »Oh ja. Viel besser.«

Seine Rosinenaugen begannen feucht zu schimmern. »Es war das delikateste Stück, das ich je angefertigt habe, und dieses dumme Weib hat nur ein paar Tage gebraucht, um es zu zerbrechen.«

Tränen rannen seine Wangen herab und tropften auf den Tisch.

Arthur Soames starrte auf die hölzerne Oberfläche, als erwartete er, Blumen daraus hervorsprießen zu sehen – und stieß einen erstaunlich vulgären Fluch aus, als sich dort, wo seine Tränen auf den Tisch getropft waren, winzige Stücke von Blei formten. Er wischte sich hastig mit dem Taschentuch über die Augen und starrte auf die grauen Schlieren, die das auf dem Stoff hinterließ. Er starrte sie eine ganze Weile an, während die Feuerelfen ihn umschwärmten.

Sie alle hatten Tabetha vergessen, und sie hatte es gerade geschafft, zwei leise Schritte Richtung Tür zu machen, als Arthur Soames den Kopf hob.

»Komm her!«, sagte er und winkte sie an seine Seite. »Oder willst du, dass ich die Elfen noch mal auf dich ansetze?«

Tabetha ging zum Tisch hinüber und starrte die bleiernen Tränen an, die wie winzige Flusskiesel darauf lagen.

»Wie du gesehen hast, funktioniert der Zauber bei mir durchaus«, fuhr Arthur Soames fort. »Jedoch nicht ganz so, wie ich gehofft hatte. Ich muss zugeben: Ich vergieße gewöhnlich keine Tränen, wenn das Leben mir einen Schlag versetzt, schließlich bin ich einer der angesehensten Bürger dieser Stadt. Du jedoch siehst jammervoll genug aus, um reichlich Tränen zu produzieren. Ich bin sicher, dass jeder beliebige Moment deiner Existenz ausreichend Grund liefert, um sie zu vergießen. Also war um arbeiten wir nicht zusammen? Du trinkst aus dem Glas und weinst ein paar Tränen und wir teilen uns das Ergebnis?«

Tabetha schaute zu, wie er das Glas erneut mit Wasser füllte. Sie fragte nicht, was passieren würde, falls sie Arthur Soames ihre Dienste verweigerte. Die Feuerelfen hatten die Aufgabe, ihr Angst einzuflößen, beim letzten Mal sichtlich genossen.

Das Wasser schmeckte nach Feuer. Und nach Silber, falls es solch einen Geschmack gab. Jedes Mal, wenn Tabetha das Glas absetzen wollte, gaben die Elfen ein zorniges Summen von sich – bis sie es vollständig geleert hatte.

Du jedoch siehst jammervoll genug aus, um reichlich Tränen zu produzieren. Die letzten Tage ihrer Mutter waren von so viel Schmerz, Angst und Verzweiflung erfüllt gewesen, dass Tabetha ein Meer von Tränen geweint hatte. Aber es war nicht der Tod ihrer Mutter oder ihres Vaters, der ihr in Arthur Soames' Werkstatt in den Sinn kam, auch nicht ihre Schmerzen in den engen Schornsteinen oder all die mit Hunger und Einsamkeit erfüllten Nächte. Was sie in ihrem Zorn zu Ofelia gesagt hatte – nur daran konnte sie denken. Es war ein so frischer Schmerz. Sie hatte das

Vertrauen von jemandem verraten, der ihr Freund hätte werden können.

Die ersten Tränen, die sie weinte, waren Tränen des Selbstmitleids. Es war Tabetha unendlich peinlich, das zu erkennen, aber es waren auch Tränen der Scham, hoffnungsloser Einsamkeit und all der Bitternis, die das Leben ihr beschert und mit der es ihr Herz vergiftet hatte. Ihre Tränen waren ein Fluss, der ihr über die Wangen rann und von ihrem Gesicht tropfte, hinab auf Arthur Soames' Tisch. Sie verschleierten ihr so sehr die Augen, dass sie das Gold zuerst gar nicht sah.

Es bedeckte den Tisch und prasselte auf den Boden – so viel Gold, in der Form von Tränen. Traurigkeit, verwandelt in das wertvollste Metall der Welt. Den Feuerelfen, die versuchten, die Tränen aufzusammeln, überzogen sie die heißen Finger mit geschmolzenem Gold, und Arthur Soames klatschte in die Hände wie ein kleiner Junge, der genau das Weihnachtsgeschenk bekommen hatte, das er sich gewünscht hatte.

»Schau sich das einer an!«, rief er aus. »Ich nehme an, das ist das erste Mal in deinem jämmerlichen Leben, dass du dich als nützlich erwiesen hast, Junge!«

»Ich bin kein Junge«, erwiderte Tabetha, während sie darauf wartete, dass ihr Herz wenigstens irgendeine Art von Freude verspürte. Aber da war nichts. Es fühlte sich an, als hätte es sich ebenfalls in Gold verwandelt.

Arthur Soames sammelte vorsichtig drei der Tränen auf, griff nach ihrer Hand und ließ sie hineinfallen.

»Hier. Ich denke, das ist mehr als großzügig. Davon kannst du dir einen Koffer voll neuer Lumpen kaufen und genug Suppe bis ans Ende deiner jämmerlichen Tage. Aber jetzt verschwinde.

Bevor die Elfen dich töten. Leider tun sie das nur allzu gern – zumindest die, die ich kenne –, und ich werde sie nicht mehr lange im Zaum halten können.«

Er verspottete sie mit einem dünnlippigen Lächeln für ihre Angst, ihre Armut und ihre Hilflosigkeit. Tabetha hatte sich nie zuvor so sehr gewünscht, jemanden zu verletzen. Sie schob sich die drei winzigen Goldtropfen in die Tasche und blickte auf das Glas, das umgeben von ihren Tränen auf dem Tisch stand.

Ihr Weihnachtsgeschenk, gewährt von dem Fluss, der sie all die Jahre mit seinen Gaben am Leben erhalten hatte …

Und plötzlich fühlte sie ihn in ihrem Innern, als wäre er gekommen, um sie zu beschützen. Sie spürte seine feuchte, fließende Kraft, seine rastlosen Fluten, kalt vom geschmolzenen Schnee und fernen, tiefen Meeren. Tabetha füllte jeden Zentimeter ihres Körpers mit seinem schlammigen Wasser, bis es selbst die Hitze der Elfen kühlte. Dann griff sie nach dem Glas, warf es mit aller Kraft, die sie hatte, auf Arthur Soames' steinernen Kellerboden und stampfte mit den Stiefeln, die Ofelia Fuentes ihr gebracht hatte, auf die Scherben, bis sie nichts als gläserner Staub waren.

Selbst die Feuerelfen waren überrascht. Das gewährte Tabetha die kostbaren Sekunden, die sie brauchte, um durch die Tür zu entkommen. Sie holten sie ein, als sie die Hälfte der Treppe hinter sich gebracht hatte, mit so wütendem Summen, dass es ihr die Ohren betäubte. Doch der Fluss beschützte sie noch immer. Sie hörte sein feuchtes Rauschen in sich, spürte, wie es ihr die versengte Haut kühlte und die Elfen auf Abstand hielt. Sie zerbrach noch mehr Glas, als sie durch Arthur Soames' Laden rannte. Sie zerbrach, soviel sie konnte, aber schließlich ließ die Schönheit der Dinge, die sie zerstörte, sie innehalten. Ein paar Elfen schwärmten ihr nach in die Nacht, aber die Kälte tötete sie auf der Stelle, und sie fielen, grau wie ausgebrannte Kohle, in den Schnee.

Tabetha rannte viele Straßen entlang, bis sie es endlich wagte, stehen zu bleiben und sich gegen eine Mauer zu lehnen. Ihre Hände waren so angesengt wie ihre schäbige Kleidung, und sie war sicher, dass ihr Gesicht nicht viel besser aussah.

Sie kühlte sich die Brandwunden mit Schnee, bevor sie die Suppenküche der Fuentes betrat. Sue, das Mädchen, das Ofelia mit dem Servieren half, wich so erschrocken zurück, als sie sie sah, dass sie in einen der Tische stolperte, und einige der Gäste starrten Tabetha so alarmiert an, als wäre eine weitere Trollfrau hereingekommen. Ofelia Fuentes stand hinter der Theke, mit Lippen, so violett wie Veilchen, und fast so vielen Irrlichtern im Haar, wie man sie im Weihnachtsbaum der Königin fand.

Tabetha hinkte, als sie sich zwischen den Tischen hindurchschob. Die Stiefel waren ihr zu groß, und die Sohlen waren gespickt mit Glas, als wäre sie den ganzen Rückweg barfuß gelaufen. Sie stellte die Stiefel auf die Theke und legte die drei goldenen Tränen daneben.

Ofelia berührte eine mit dem Zeigefinger. Sie trug goldenen Nagellack zur Feier des Tages.

»Es hat also funktioniert.«

»Ja.«

»Und Soames hat versucht, das Glas zu stehlen?«

»Ja.«

Borga kam aus der Küche. Tabetha war sicher, dass einer der Hobs der Köchin ihre Rückkehr gemeldet hatte.

»Werr hat versucht, den an Spieß zu braaten?«, fragte sie und wies auf Tabethas verbrannte Haut.

»Sie«, korrigierte Ofelia. »Ich hab dir doch gesagt, dass sie ein Mädchen ist.«

Borga ging in die Küche und hielt fünf Eier in der riesigen Hand, als sie zurückkam. Sie schlug sie in einer Schale auf und stellte sie vor Tabetha hin.

»Aiveiß«, sagte sie. »Gutt bei Verbrenungen.«

Sie hatte recht. Tabethas Haut schmerzte weit weniger, nachdem sie sich den blassen Glibber auf Hände und Gesicht gerieben hatte. Alle Augen ruhten auf ihr, die der Gäste, der Hobs, der Bedienungen, aber wen interessierte das? Sie war einem Schwarm Feuerelfen entkommen – dem Fluss sei Dank.

»Ich nehme an, Soames hat das Glas noch, wenn ich mir deine Verbrennungen ansehe?«

Tabetha rieb sich das Eiweiß auf den Hals. »Ja und nein.«

Zwei Frauen zahlten ihre Suppe. Eine hatte rotes Haar wie Tabetha. Ihres war auch mal so lang gewesen. Sie vermisste es, mit den Fingern durch die Strähnen zu fahren.

»Ich habe das Glas zerschlagen«, sagte sie. Es tat weh, daran zu denken. Es war so schön gewesen.

Ofelia schob einem alten Mann eine Schale Suppe über den Tresen, der die Tätowierungen der Hafenarbeiter auf den Handrücken trug. »Soames wird aus den Scherben ein neues machen.«

»Ja, aber ich glaube nicht, dass er das Muster wieder hinbekommt.« Tabetha nahm die Stiefel in die Hand und drehte sie um. Die Sohlen waren mit Splittern bedeckt. Sie zupfte ein paar aus dem Leder und legte sie auf die Theke. Sie waren kaum so groß wie ein Fingernagel. »Vielleicht können wir die hier zu einem anderen Glasbläser bringen.«

Ofelia holte eine leere Schale für die Scherben und sie zogen sie gemeinsam aus den abgetragenen Sohlen. Die Überreste des Glases, das Blei und Gold bescherte.

»Vergiss die hier nicht.« Tabetha hob zwei der goldenen Tränen auf. »Ich brauch bloß eine.«

Ofelia schüttelte den Kopf. »Nein. Behalt sie. Ich will sie nicht.«

»Ich muss immer noch zurückzahlen, was du für Soames' Dienste vorgestreckt hast.«

Ofelia beugte sich über die Stiefelsohle und zog einen weiteren Splitter heraus. »Nein! Meine Mutter hat den Regen und die Kälte satt. Deshalb war ich heute Morgen fort – um meinem Vater zu erzählen, dass sie nicht zurückkommt. Aber du hast geglaubt, ich wäre zu Soames gegangen, um dich zu bestehlen. Ich brauch dein Gold nicht.«

Tabethas Herz fühlte sich so kalt an. Es ist schwer, einen Freund zu verlieren. Vor allem, wenn man nur den einen hat. Sie drehte sich um. Die Gäste hatten das Interesse an ihr verloren. Niemand erinnerte sich an sie. Niemand vermisste sie. Nur der Fluss. Es gab keinen anderen Ort, an den sie gehen konnte, trotz des Goldes in ihrer Tasche. Es würde sie nicht von ihrer Einsamkeit befreien.

»Sie könte eine Zimmer bei uns mieten – mit eine Träne.« Borga fuhr mit dem Finger durch die Glassplitter in der Schale. »Du brauchst Hielfe, jetzt, wo deine Mutter fort ist.«

»Sie schläft nicht in Zimmern«, gab Ofelia zurück. »Sie mag den Fluss und den Schlamm lieber als Menschen, und du hast gehört, was sie glaubt, wie ich meine Hand verloren habe. Sie ist so daran gewöhnt, vorzugeben, jemand anders zu sein, dass sie glaubt, alle anderen machen dasselbe …«

Borga presste ihren riesigen Finger auf Ofelias violette Lippen.

»Keine Wort mer«, sagte sie. »Sie ist zurükgekomen. Lass uuns Supe kochen.«

Dann nahm sie die Schale mit dem zerbrochenen Glas und winkte Ofelia in die Küche.

Tabetha nahm die drei goldenen Tränen von der Theke und steckte sie in die Tasche. Dann schlüpfte sie in die Stiefel und ging zur Tür. Es steckten immer noch ein paar Splitter in ihren Sohlen und das Eiweiß klebte auf ihrem verbrannten Gesicht wie eine zweite Haut. *Sie schläft nicht in Zimmern …*

Sie schloss die Hand um den Türknauf und ließ den Blick über all die Menschen wandern, die an den Tischen saßen und redeten und aßen und lachten. Oder einfach nur traurig aussahen. Auch im Wirtshaus der Fuentes, erkannte sie, gab es einen Fluss. Einen menschlichen Fluss aus Gesichtern und Stimmen, aus Freude und Traurigkeit, der dieser Stadt entsprang. Manchmal fühlte er sich kalt und bedrohlich an, und man konnte in ihm ertrinken, wie ihre Mutter. Aber in diesem Augenblick, an diesem Weihnachtsabend, floss er warm und weit und einladend.

Als Tabetha in die Küche trat, füllte Borga gerade ein paar der Glassplitter in eins der kleinen Gewürzsäckchen, die sie in ihre Suppen hängte. Die Hobs beobachteten sie mit besorgten Gesichtern.

»Was gukt ihr soo?«, fragte die Trollfrau. »Ich hab daas schonn mit Steine und Knochen und giftige Beeren gemacht. Warum nich mit Glaas?«

Es geht ein Gerücht um in Londra von einer Weihnachtssuppe, die nicht weit entfernt vom Fluss ausgeschenkt wird, in der Suppenküche der Fuentes. Die Leute flüstern, dass, wer sie isst, anschließend goldene Tränen weint. Sie sagen auch, dass die Suppe nicht jedem serviert wird und dass zwei junge Frauen – eine mit langem rotem Haar und eine mit nur einer Hand – entscheiden, wer eine Schale bekommt.

Es werden viele Geschichten erzählt in Londra. Und nicht alle sind wahr.

Aber ich glaube, diese ist es.

Das Geschenk

Sie war so froh, dass ihre Brüder es nicht vor ihr fanden. Vielleicht wusste die Füchsin, dass die drei sich nachts nie aus dem Haus stahlen, so wie sie es tat. So wie sie es schon immer getan hatte. Um dem Geschrei zu entkommen, den betrunkenen Monologen, in denen ihr Stiefvater beklagte, wie grausam die Welt zu ihm war. Als sorgte er nicht selbst dafür, dass sie grausam blieb.

Es war Celeste gleich, ob er ihren ältesten Bruder schlug. Gustave war ebenso grausam wie sein Vater. Und der zweite, Rene, tat alles, um den beiden zu gefallen. Aber wenn ihr Stiefvater Thierry, ihren jüngsten Bruder, schlug oder ihre Mutter, lief sie nach draußen und hockte sich lauschend unter das Fenster, als könnte sie ihnen so wenigstens etwas beistehen. Sie lauschte dem Weinen und dem Betteln und hasste ihre Mutter dafür, dass sie so schwach war. Hasste sie dafür, dass sie ihren Stiefvater geheiratet hatte und immer noch liebte. Sie selbst hätte gekämpft! Aber wie konnte man diese Fäuste mit einem Körper bekämpfen, der gerade erst sechs Jahre alt und so klein und mager war, dass ihr Stiefvater ihn wie einen der Stöcke, mit denen er um sich schlug, hätte durchbrechen können?

Es war furchtbar, so viel Hass zu empfinden, wenn alles, was das Herz fühlen wollte, Liebe war.

Also lief sie hinaus in die Nacht, sobald ihr Stiefvater schlief, nach draußen, wo die Sterne Frieden an den Himmel schrieben, damit die Dunkelheit all den Hass schluckte. Ihn mit Sternen spickte, ihn ihr mit Mondlicht vom Herzen wusch, es wieder weich und warm machte.

Celeste konnte schnell laufen. Wenigstens das hatte ihr Stiefvater sie gelehrt. Sie liebte es zu laufen, durch das taufeuchte Gras, über Moos und Blätter, selbst über die rauen Kiesel auf der Straße, die von dem Haus fortführte.

Lauf, Celeste. Fühl den Wind und die Nacht auf der Haut.

Lass ihn dich niemals fangen.

In der Nacht, in der sie das Kleid fand, schnarchte der Trunkenbold im Haus, den Arm um die nackten Schultern ihrer Mutter – selbst schlafend gehörte sie ihm –, und ihr jüngster Bruder flüsterte im Schlaf, wie er es oft tat. Er entkam nicht wie sie in die Nacht. Thierry floh in seine Träume.

Sie kam vom Brunnen zurück. Sie hatte ihre schmerzende Hand mit seinem Wasser gekühlt. Die Füchsin hatte sie am Tag zuvor gebissen, als sie sie und ihre Jungen vor ihren älteren Brüdern beschützt hatte. Aber es hatte ihr leidgetan. Celeste hatte es in ihren Augen gesehen. So schöne Augen. Wie aus Gold und Herbstlaub gemacht.

Die Zähne der Füchsin hatten ihren Abdruck wie eine Tätowierung auf ihrem Handballen hinterlassen, auch wenn die Haut kaum verletzt war. Celeste würde den Abdruck für den Rest ihres Lebens tragen.

Das Kleid lag auf der Türschwelle.

Sie stolperte in der Dunkelheit fast darüber.

Es war so schön, dass sie es fast nicht wagte, es zu berühren. Das Fell, aus dem es gemacht war, war so feurig rot wie das der Füchsin und weicher als alles, was Celeste je berührt hatte. Der rote Mond tränkte es mit seinem Licht und der weiße bestickte es mit Silber.

Es gehörte ihr.

Sie wusste es, sobald sie es sah.

Danke!, flüsterte es.

Es gab, sobald sie es aufhob, keine größere Angst mehr in ihrem Herzen als die, es wieder zu verlieren.

Sie setzte sich auf die Schwelle und legte es sich über

die nackten Knie. Strich mit den Händen darüber, grub die Finger in das weiche Fell und lächelte. Celeste spürte das Lächeln wie ein neues Gesicht. Ganz aus Glück gemacht.

Sie schenkte das Lächeln den Bäumen, den Feldern und Wiesen, dem Nachthimmel über ihr, in der Hoffnung, dass die Füchsin es sah.

Im Haus stand ihr Stiefvater auf und stolperte herum, auf der Suche nach mehr Wein. Celeste presste das Kleid gegen ihre Brust und wagte nicht, sich zu bewegen, aber schließlich kehrte er mit einem Grunzen ins Bett zurück, und es umgab sie erneut nur die Stille der Nacht.

Zieh es an, flüsterte etwas in ihrem Herzen. *Zieh es an, Celeste.*

Aber wo? Sie hörte ihren Stiefvater hinter sich schnarchen und einer ihrer Brüder stöhnte im Schlaf.

Es gab nur einen Ort, an dem sie sich sicher fühlte. Sie hatte die Füchsin dort getroffen, umgeben von drei Welpen, so feurig rot wie ihre Mutter. Ihre Brüder fürchteten das verfallene Haus und seine Geister. Sie trauten sich nur in den Garten. Sie warfen Steine durch die zersprungenen Fenster, doch sie gingen nie in die Nähe des Grabes. Das hatte es leichter gemacht, die Welpen zu beschützen. Celeste hatte die Angst ihrer Brüder vor den Geistern der Toten benutzt. Sie selbst hatte die Toten noch nie gefürchtet. Sie liebte sie. Schließlich war ihr Vater einer von ihnen.

Das Gras um seinen Grabstein herum war weiß vom Frost, als sie über die eingefallene Mauer kletterte, die das Haus umgab, in dem er einst mit ihrer Mutter gelebt hatte. Nur unter dem wilden Rosenbusch, unter dem die Füchsin mit ihren Jungen gelegen hatte, war die Schicht welker Blätter immer noch dunkelbraun. Sie hatte gehofft, sich bedanken zu können, aber sie waren fort.

Zieh es an, Celeste.

Es war so warm auf ihrer fröstelnden Haut.

Und wie es sich an ihren mageren Körper schmiegte. Als wäre es für ihn geschneidert worden. Danke, flüsterte sie, obwohl die Füchsin fort war. Danke, während ihre Hände das seidene Fell liebkosten, das sie mit einer Wärme erfüllte, die sie noch nie zuvor gespürt hatte, nicht einmal in den Armen ihrer Mutter.

Aber da war noch mehr als Wärme.

Da war Stärke.

Und Weisheit.

Und etwas Wildes, das ihr das Gefühl gab, so frei zu sein.

So alt.

So jung.

Und plötzlich war ihr Körper leicht und schnell. Das Fell war nicht länger ein Kleid, sondern ihre Haut. Ihre Augen tranken das Licht der Sterne und die Nacht wurde hell wie der Tag. Die Luft war schwer von der Witterung von Hase und Vogel. Sie wollte sich im Gras wälzen und im Schoß der Erde schlafen.

Oh die Glückseligkeit!

Sie wollte ihre Menschenhaut vergessen, wollte sie fortwerfen wie ein verschlissenes Kleid. Und mit ihr all die Angst und Wut, all die Einsamkeit, selbst ihren Namen.

Nicht länger Celeste.

Fuchs.

Sie war Fuchs.

Sie war frei.

Die Geige
des Strömkarlen

EIN BESUCH IN DER SKOMARKARGATAN

Wenn Jacob Reckless sich hinter den Spiegeln auf die Suche nach verlorenen Zauberdingen machte, tat er es meist im Auftrag von Königen oder Fürsten. Zu seinen Kunden zählten nicht nur die Kaiserin von Austrien, sondern auch Wilfred von Albion, dem sein üppiger Schnurrbart den Beinamen »Das Walross« eingetragen hatte, und »Der Krumme«, wie man Charles von Lothringen auch nannte, obwohl er sich den buckligen Rücken von einer kinderfressenden Hexe hatte richten lassen.

Der Auftrag, der Jacob eines kalten Novembertages in Form eines Briefes aus Lund, einer kleinen Stadt im Süden Sveriges, erreichte, stammte allerdings nicht von einem gekrönten Haupt. Die Witwe eines Holzhändlers, Catrine Christell, bat ihn, eine seltene Geige zu finden, die ihrer Familie vor zwanzig Jahren in Stockholm gestohlen worden war. Frau Christells Großmutter hatte sie angeblich in ihrer Jugend von einem Strömkarlen geschenkt bekommen, einem Wassermann, der nicht nur berühmt für seine Schönheit, sondern vor allem für sein Geigenspiel war. Man sagte ihren Geigen große Zauberkraft nach, und Frau Christells Brief bestätigte, dass das Instrument ihrer Familie jahrzehntelang Glück und Wohlstand gebracht hatte. Seit dem Diebstahl jedoch wurden die Christells von einem Unglück nach dem anderen heimgesucht.

Jacob schickte Frau Christell den Ehering, den sie ihrem Brief als Bezahlung beigelegt hatte, zurück. Aber auf die Reise nach Stockholm machte er sich dennoch. Die Aufgabe war einfach zu verlockend. Jacob hatte wie alle Schatzjäger schon viele Geschichten über die Geigen der Strömkarlen gehört (im Nachbarland Norge nannte man die geigenden Wassermänner Fossegrimme), und er hatte schon immer herausfinden wollen, ob es tatsächlich Glück brachte, ihnen zu lauschen. Frau Christell suchte überdies aus gutem Grund nach der Geige: Das jüngste Unglück, das die Familie getroffen hatte, war die Erkrankung ihrer jüngsten Tochter Amanda. Die Ärzte waren ratlos und die Geige des Strömkarlen war die letzte Hoffnung.

Es war eine stürmische Überfahrt. Das Baltische Meer machte um diese Jahreszeit selbst den seit ein paar Jahren unter Dampf fahrenden Fähren zu schaffen und Jacob wurde wie immer seekrank. Die Gefährtin, die ihn wie so oft begleitete, kannte solche Probleme nicht. Fuchs, wie sie sich vorzugsweise nannte, war unter dem Namen Celeste Auger in einem Fischerdorf in Lothringen zur Welt gekommen und fühlte sich auf dem Wasser ebenso zu Hause wie in der Wildnis eines alten Waldes. Niemand hätte es der jungen Frau im blassgrünen Kleid, die so viele Männerblicke auf sich zog, angesehen, dass sie bei ihrer ersten Begegnung eine Füchsin gewesen war und Jacob ihren Hinterlauf aus der Falle eines Wilderers befreit hatte. Es hatte fast ein Jahr gedauert, bis Fuchs sich ihm in Menschengestalt zeigte. Eine Füchsin hatte ihr als Kind das Fellkleid, das ihr erlaubte, die Gestalt zu wechseln, zum Geschenk gemacht – als Dank dafür, dass sie deren Junge vor ihren Brüdern beschützt hatte. Fuchs wich Jacob nicht von der Seite, seit er sie aus der Falle befreit hatte, und Jacob konnte sich schon lange nicht mehr vorstellen, ohne sie auf die Schatzjagd zu gehen.

Stockholms Dächer und Türme waren mit Schnee bedeckt. Der Winter kam oft schon im September in die Stadt, und die Haut der Goldnixen und Meermänner, die zwischen den Schiffen im Hafen schwammen, hatte sich tiefblau gefärbt, um sie vor der Eiseskälte des Wassers zu schützen. An der Uferpromenade wimmelte es von Nissern, den Heinzelmännern Sveriges, die sich mit Kleidern aus Moos und Mäusefell vor dem kalten Wind schützten. Einige ritten auf den Möwen, die kreischend um Schiffsmasten und Schornsteine kreisten, doch die meisten huschten zwischen den Stiefeln, Pferdehufen und Kutschrädern umher, als wäre noch nie ein Nisse zertreten worden (was erstaunlicherweise tatsächlich nicht oft passierte).

Jacob hatte Stockholm bislang nur in seiner Welt besucht und war schon dort von dessen Schönheit beeindruckt gewesen. Die Stadt rahmte die Meeresbucht, an der sie lag, in beiden Welten mit prächtigen Stadtpalästen, Kirchen, Parks und nicht zuletzt dem Schloss des Königs. Aber nur auf dieser Seite der Spiegel fuhren Droschken durch die kopfsteingepflasterten Straßen, und man sah zwischen den Häusern Schneeflockenfrauen und Eiszapfenmänner, Tummetotts aus den nördlichen Wäldern Sveriges, Huldras, die ihre Schwänze unter eleganten Kleidern verbargen, und Trolle aus Norge, die ihre Schnitzkunst am Hafen feilboten. Fuchs konnte sich ebenso wenig wie Jacob an der Vielfalt sattsehen, aber sie hatten beide nicht vergessen, dass sie auf der Suche nach einer gestohlenen Geige waren.

Die Adresse, die Jacob dem Droschkenkutscher nannte, lag in einer engen Straße, die vom Hauptplatz der Altstadt abging. Der Name der Gasse, Skomarkargatan, erinnerte an die Schuhmacher, die hier seit dem Mittelalter nicht nur gewöhnliches Schuhwerk, sondern auch Siebenmeilenstiefel und Schuhe für Nisser und Trolle nähten. Inzwischen hatten auch andere wohlhabende Handwerker in der Skomarkargatan ihre Läden und Werkstätten angesiedelt. Stockholm hatte sich wie alle Städte hinter den Spiegeln in den letzten Jahren sehr verändert. Die modernen Zeiten hatten Armut und Hunger aus einigen Stadtteilen vertrieben, aber mit ihnen auch viele kleine Handwerker, und dort, wo die Fabriken aus dem Boden schossen, hatte es gerade erst eine Cholera-Epidemie gegeben.

Das Feuer, das vor fünfzig Jahren ein Riese gelegt hatte, um für die Gräueltaten Vergeltung zu üben, die der damalige König an Riesen verüben ließ, hatte die Skomarkargatan weitgehend verschont, und die rote Fassade des Hauses, vor dem der Droschkenkutscher Jacob und Fuchs absetzte, zeigte an, dass sein Besitzer zu den angesehensten Bürgern Stockholms zählte.

Das Schild, das neben der Eingangstür an kupfernen Ketten hing, hatte die Form eines Cellos, und es stand lediglich ein Name darauf. Harvård Asbjørnsen musste sein Handwerk nicht anpreisen. Selbst Gustav der Gütige, wie man Sveriges König nannte, ließ alle Instrumente der königlichen Sammlung nur von ihm begutachten, obwohl Meister Asbjørnsen nicht aus Sverige, sondern aus dem Nachbarland Norge stammte, wie sein Name verriet. Musiker aus vielen Ländern kamen in die Skomarkargatan, um ihre Instrumente hier reparieren zu lassen, und falls jemand etwas über den Verbleib einer gestohlenen Strömkarlen-Geige wusste, dann war es Asbjørnsen.

Die Eingangstür war mit geschnitzten Instrumenten verziert, selbst die Klinke hatte die Form eines Violinschlüssels. Als Jacob klopfte, öffnete sich eine Klappe in der Tür, allerdings so weit unten, dass Fuchs und Jacob sich bücken mussten. Der Zwerg, der sie durch die Öffnung musterte, trug sein Haar und den schwarzen Bart lang und ungestutzt. Die Zwerge Sveriges hielten nichts von der Zwergenmode in Vienna und Lutis, wo ihre Artgenossen sich das Haar schnitten und das Kinn rasierten.

»Habt ihr einen Termin?« Die Stimme des Zwergs war erstaunlich tief, wie oft bei seinesgleichen. Man hätte einen solchen Bass eher bei einem Riesen erwartet. »Wenn nicht, kommt nächstes Jahr wieder. Der Meister ist ausgebucht.« Er wollte die Klappe schon wieder zuschlagen, als er zögerte und Fuchs etwas genauer musterte.

»Sieh an«, brummte er überrascht. »Eine Gestaltwandlerin. Das sieht man nicht oft in Stockholms Straßen.«

Fuchs war nicht sicher, was sie verraten hatte. Manchmal haftete ihr die Witterung der Füchsin an den Menschenkleidern. Menschennasen waren nicht fein genug, um das zu bemerken, aber Zwergen sagte man nach, eine fast ebenso feine Nase wie Hunde zu haben.

»Nein, wir haben keinen Termin«, sagte sie, während sie sich zu dem Zwerg hinabbeugte. »Wir suchen nach einer gestohlenen Geige, die das Geschenk eines Strömkarlen war. Wir hatten gehofft, dass der beste Instrumentenbauer Sveriges vielleicht etwas über ihren Verbleib gehört hat?«

Der Zwerg hob zu einer Antwort an, als eine laute Stimme aus den Tiefen des Hauses drang. Sie erinnerte an das Knarren einer alten Eiche, in die der Wind gefahren ist.

»Lass sie schon rein, Eikinskjaldi! Manche Dinge bespricht man nicht auf offener Straße! Wie oft soll ich das deinem sturen Zwergenschädel noch erklären?«

Der Zwerg ließ ein missbilligendes Brummen hören, aber die Klappe ging zu und die Eingangstür auf.

Eikinskjaldi reichte Fuchs bis zum Gürtel. Er war ein stattlicher Zwerg. Sein schwarzer Bart war so lang, dass er ihn sich um die Hüften geschlungen und über der Handwerkerschürze, die er trug, verknotet hatte. Aus der Tür, auf die er sie zuwinkte, drangen das Spiel einer Klarinette und der Geruch von Holz, Leim, Metall und Pfeifenrauch. In der weiten Werkstatt dahinter saß der größte Troll, dem Fuchs je begegnet war, auf einem Hocker, der eher für Menschen gemacht schien, und lauschte mit gerunzelter Stirn dem Spiel eines jungen Mannes, der, den Kleidern nach zu urteilen, aus sehr reichem Hause stammte. Eine Ecke der Werkstatt nahm ein großer Kachelofen ein, der die Winterkälte vertrieb, die durch die Scheiben der hohen Fenster drang, der Rest war mit Werkbänken zugestellt, auf denen mehrere Instrumente auf Meister Asbjørnsens fachkundige Hände warteten.

Fuchs liebte die Werkstatt von Harvård Asbjørnsen. Jeder Winkel schien mit Musik getränkt, und Fuchs wäre nicht überrascht gewesen, wenn all die Instrumente, die darin hingen, standen und lagen, auf ein Zeichen des Trolls zu spielen begonnen hätten.

»Lass die Klarinette hier!«, wies er den jungen Mann mit seiner knarrenden Stimme an. »Du hast sie nicht gut behandelt.

Ein Instrument braucht ebenso viel Pflege und Aufmerksamkeit wie deine Hunde und Pferde! Und nun raus mit dir!«

Der junge Mann öffnete den Mund, um etwas zu erwidern, aber schließlich überlegte er es sich anders und verschwand wortlos nach draußen.

»Ich weiß, ich weiß«, knurrte der Troll, als der Zwerg sich missbilligend räusperte. »Er ist der Kronprinz. Bei allen Raben Odins, was interessiert mich das! Sieh dir die Klarinette an! Sie ist älter als er und eine der besten Klarinetten, die je gebaut wurden, aber was macht er damit? Schnaubt hinein wie ein Kutschpferd. Wahrscheinlich hat er sie noch nie geputzt! Es ist ein Wunder, dass ihr das Moos nicht aus dem Mundstück wächst!«

Er reichte die Klarinette zwei Nissern, die sie eilfertig mit winzigen Bürsten zu putzen begannen, und wandte sich Fuchs und Jacob zu.

Selbst im Sitzen war Harvård Asbjørnsen größer als sie beide. Das klare Winterlicht, das durch die Fenster der Werkstatt fiel, hätte einen Nachttroll auf der Stelle versteinert, aber Asbjørnsens borkige graugrüne Haut verriet, dass er ein Tagtroll war. Das zottige graue Haar hing ihm zum Zopf geflochten über den Rücken, und die zahllosen Falten, die seine grünen Katzenaugen rahmten, ließen vermuten, dass er mindestens zweihundert Jahre alt war. Der Hocker, auf dem er saß, sah unter dem wuchtigen Körper tatsächlich wie ein Puppenhaus-Möbelstück aus, aber als Harvård Asbjørnsen die halb fertige Laute begutachtete, die hinter ihm auf einer Werkbank lag, handhabten seine riesigen Hände das Instrument mit solchem Feingefühl, dass sie seine Meisterschaft in jeder Bewegung verrieten. Man sagte Tagtrollen nach, dass sie mit den meisten Bäumen sprechen konnten und sie oft überredeten, genau das Holz zu treiben, was sie für ihre Schnitzkünste brauchten. Sie konnten Puppen schnitzen, die sich wie lebende Menschen bewegten, Schaukelpferde, die ihren Besitzern aus der Hand fraßen, und Musikinstrumente, denen selbst die besten von Menschen gebauten nur selten gleichkamen.

»Die Geige eines Strömkarlen sucht ihr, soso ...«, murmelte Harvård Asbjørnsen, während er der Laute über das frisch polierte Holz strich. »Und sie ist hier in Stockholm gestohlen worden? Wann soll das gewesen sein?«

»Vor zwanzig Jahren«, antwortete Jacob.

Die Nisser hatten die Klarinette des Kronprinzen vergessen und lauschten. Jeder in Sverige, ob Mensch oder Nisse, wusste, was ein Strömkarlen war und dass diese Wassermänner ihre Geigen so meisterhaft spielten (vorzugsweise unter Wasserfällen), dass junge Musiker sich auf die Suche nach ihnen machten, in der Hoffnung, von ihnen unterrichtet und dadurch ebensolche Meister zu werden. Angeblich bezahlte man einen Strömkarlen für den Unterricht mit einem saftigen Stück Rindfleisch, das man in den Fluss warf. Aber sie waren sehr wählerisch, was ihre Schüler betraf, und es geschah noch wesentlich seltener, dass einer von ihnen sich in eine Menschenfrau verliebte und ihr seine Geige schenkte.

Harvård Asbjørnsen erhob sich von seinem Hocker und legte die Laute auf die Werkbank zurück.

»Es gibt nur einen Ort, wo diese Geige sein könnte«, sagte er.

Der Zwerg ließ ein Seufzen hören.

Harvård Asbjørnsen wandte sich gereizt zu ihm um. »Was? Wie viele Instrumente sollen noch in dem Haus verschwinden, Eikinskjaldi? Ich hätte längst selbst hinübergehen sollen, um dem Treiben ein Ende zu machen, aber ich bin ein alter Troll und nicht mehr so unternehmungslustig wie in meiner Jugend!«

Eikinskjaldi war dafür sichtlich dankbar.

»Das Haus, von dem ich rede«, Asbjørnsen scheuchte die Nisser mit einer ungeduldigen Geste zurück an die Arbeit, »steht in einem Teil der Stadt, der nach Geld stinkt wie Trollblut nach Fisch. In Skeppobron hat man die beste Aussicht über den Sund, aber in diesem Haus steht niemand am Fenster oder auf dem Balkon, um sie zu genießen. Es heißt, dass seit dreißig Jahren kein Mensch mehr über die Türschwelle getreten ist. Doch wer nach Sonnenuntergang ein Musikinstrument vor das Gartentor legt, findet an seiner statt, noch bevor die Sonne wieder aufgeht, einen Beutel mit Gold. Ihr könnt euch vorstellen, wie oft deshalb in Stockholm Instrumente gestohlen werden. Es ist ein Wunder, dass es überhaupt noch welche gibt, die ich reparieren muss. Ich nehme an, eure Geige hat auch irgendwann vor dem Tor gelegen.«

»Dreißig Jahre?« Fuchs wechselte einen Blick mit Jacob.

»Ja, das kann nicht mit rechten Dingen zugehen, stimmt's?«, raunte der Zwerg. »Das Haus gehört einem reichen Händler,

Gustav August Öxenstierna, aber jeder in Stockholm nennt ihn nur Tom Hjärta, ›Leeres Herz‹, weil er keinen Menschen um sich duldet und der Musik den Krieg erklärt hat. Er soll auch einige magische Instrumente in seinen Besitz gebracht haben, Tummetott-Flöten, die Nyckelharpa einer Huldra …«

»Wer bewacht diese Schätze?« Jacob sah den Troll fragend an.

Harvård Asbjørnsen setzte sich einen der Nisser in die Hand. »Nisser wissen sehr viel mehr über das, was in dieser Stadt vorgeht, als unsereiner. Es hat seine Vorteile, nicht größer als eine Maus zu sein. Erzähl ihnen, was du gehört hast.«

Der Nisse fuhr sich geschmeichelt durch das blassblonde Haar. »Weil Tom Hjärta keine Menschen um sich duldet, hat er das Haus durch Zauber sichern lassen. Seidr-Zauber«, setzte er mit grillenfeiner Stimme hinzu.

»Seidr-Zauber?«, wiederholte Jacob. »Das ist der Zauber eurer dunklen Hexen. Ich nehme an, sie arbeiten ähnlich wie die in Austrien und Lothringen. Mit denen hatten Fuchs und ich schon oft zu tun.«

Der Zwerg wechselte einen zweifelnden Blick mit Harvård Asbjørnsen. »Ich weiß nichts von anderen Hexen, aber unsere vernebeln euch Augen und Hirn so sehr, dass ihr nicht mehr unterscheiden könnt, was wirklich ist und was sie euch nur vorgaukeln.«

Fuchs behielt für sich, dass Gestaltwandlerinnen

solche Zauber meist durchschauten. Sie wollte nicht den Eindruck erwecken, dass sie die Gefahr unterschätzte. Die Aufgabe würde sicher alles andere als leicht sein, aber das war selten der Fall, wenn man nach Zauberdingen suchte.

»Ich glaube, die zwei haben schon Schlimmeres gesehen als Tom Hjärta, Eikinskjaldi«, brummte Harvård Asbjørnsen. »Eine Frage habe ich dennoch: Wie wollt ihr feststellen, ob ihr die richtige Geige habt? Kann einer von euch zweien spielen?«

Als Jacob und Fuchs beide den Kopf schüttelten, musterte Eikinskjaldi sie so mitleidig, als hätten sie preisgegeben, dass sie weder schreiben noch lesen konnten.

»Gut«, sagte der Troll, »bringt die Geige her, wenn ihr sie habt. Es gibt nur einen Mann in dieser Stadt, der die Geige eines Strömkarlen spielen kann, ohne sie zu beleidigen. Er ist menschenscheu, aber wenn ich ihn bitte, wird er herkommen.«

»Hierher?«, rief der Zwerg entgeistert.

»Wohin sonst?«, polterte Harvård Asbjørnsen gereizt. »Bei Folkvangr und Valhalla, soll er die Geige auf dem Stortoget spielen?«

Er setzte Fuchs den Nisser auf die Schulter und hob zwei weitere von einem Regal. »Ihr sorgt für etwas Ablenkung, wenn die beiden sich in das verhexte Haus schleichen.« Er stieß Jacob die gewaltige Faust vor die Brust. »Ihr versucht es heute Nacht, oder? Du siehst mir nicht wie ein Mensch aus, der gern Zeit verliert.«

Die meisten Trolle konnten Menschengesichter nicht lesen, aber Harvård Asbjørnsen hatte das durch sein Handwerk ganz offensichtlich gelernt.

DAS STILLE HAUS

Es dämmerte bereits, als Jacob und Fuchs wieder auf die Skomarkagatan hinaustraten. Mit dem Winter kam auch die Nacht in Stockholm früh, aber sie hatten vor, dem Haus des Instrumentendiebs erst zwei Stunden nach Mitternacht einen Besuch abzustatten. Viele Hexenzauber waren um die Uhrzeit am schwächsten. Jacob kehrte zum Hafen zurück, um ein paar Dinge zu besorgen, die sich bei ihrem Unterfangen als nützlich erweisen könnten, während Fuchs die Aufgabe zufiel, sich das Haus, das Musikinstrumente fing wie eine Katze Mäuse, schon einmal aus der Nähe anzusehen. Sie beschloss, das als Füchsin zu tun. Ein Tier, das an einer Gartenmauer entlangstrich, erregte gewöhnlich wesentlich weniger Verdacht als ein Mensch, und bestimmt gab es viele hungrige Füchse, die sich im Winter in der Hoffnung auf leichte Beute in die Stadt schlichen. Sie fand schnell einen Hinterhof, in dem sie sich unbeobachtet verwandeln konnte – zählte man die Hühner nicht, die verschreckt in ihrem Stall verschwanden, als sie das rote Fell sahen.

Es hatte wieder zu schneien begonnen, und selbst die belebteren Gassen schimmerten im Licht der Gaslaternen wie Sternenpfade, trotz all der Stiefel, die ihre Abdrücke in dem frischen Weiß hinterlassen hatten. Die Füchsin schätzte Schnee nicht sonderlich. Er setzte sich ihr in die Pfoten, und es war schwer, keine sichtbare Fährte darin zu hinterlassen. Harvård Asbjørnsens Nisser kletterten ihr auf den Rücken und duckten sich tief in ihr wärmendes Nackenfell, während sie ihr den Weg wiesen. Das Gebäude, dessen blassgraue Fassade schließlich hoch über dem Baltischen Meer hinter einer abweisenden Gartenmauer sichtbar wurde, ließ Harvård Asbjørnsens stattliches Haus wie die Unterkunft eines armen Mannes erscheinen. Es glich den Stadtpalästen, die Fuchs aus südlicheren Städten kannte, wären da nicht die Eiszapfen an den steinernen Bögen gewesen, die Fenster und Türen rahmten. Fuchs setzte die Nisser vor der Gartenmauer ab, bevor sie sich unter dem hohen Tor hindurchschob, das ein Muster aus kunstvoll geschmiedetem Eisen über Haus und Garten legte. Die Vorhänge hinter den Fenstern waren in allen drei Stockwerken zugezogen und die Zimmer dahinter waren dunkel. Auch sonst war kein Lebenszeichen zu entdecken. Kein Hund sprang auf sie zu, kein Wächter stand vor der Tür, es war genau, wie der Nisse es gesagt hatte. Wer immer sich hinter den dunklen Fenstern verbarg, er verließ sich wohl tatsächlich auf die Scheu, die alle Menschen vor einem Haus haben, dessen Bewohner seit Jahrzehnten niemand gesehen hat. Und auf Zauberei. Die Magie, die Fuchs in dem tief verschneiten Garten witterte, roch nicht annähernd so finster wie die in Lebkuchenhäusern, aber es gab viele dunkle Zauber, die selbst die Füchsin nicht wahrnehmen konnte, und Jacob und Fuchs waren schon in so manche Falle getappt, ohne dass ihre Nase sie gewarnt hatte.

Der Zauber wurde stärker, als sie sich dem Eingangsportal näherte. Auch vor der Hintertür, die sie auf der Rückseite des Hauses fand, spürte sie ihn deutlicher. Der Schnee davor lag so hoch, dass die Füchsin sich einen Weg hindurchbahnen musste. Fuchs warf einen Blick zu den Fenstern hinauf, um sicherzugehen, dass sich hinter den Vorhängen nichts rührte, bevor sie Menschengestalt annahm, um sich das Türschloss aus der Nähe anzusehen. Das feine Gespinst, das sich über das Schlüsselloch spannte, sah für weniger zaubereierfahrene Augen wie das harmlose Netz einer Spinne aus, aber viele Hexen sicherten Schlösser auf diese Art. Das Gespinst war auch zwischen Tür und Türrahmen zu finden, doch Jacob würde leicht daran vorbeikommen.

Fuchs verwandelte sich wieder in die Füchsin, verwischte die Stiefelspur, die sie hinterlassen hatte, und huschte über die verschneiten Gartenwege zu der Mauer, die das Haus umgab. Sie fand eine Stelle, an der man sich von einem Baum hinüberschwingen konnte. Gut. Als sie zum Tor zurücklief, machte sie sich nicht die Mühe, ihre Fährte zu verwischen. Es gab unzählige Tierspuren in dem verschneiten Garten und die Pfotenabdrücke einer Füchsin würden sicher keinen Verdacht erwecken. Der Bewohner des Hauses hatte offenbar nur etwas gegen menschliche Besucher.

Als Jacob sich ein paar Stunden später in dem Gasthaus einfand, das sie als Treffpunkt vereinbart hatten, blickte er ebenso zufrieden drein wie Fuchs. Sie kannte den Gesichtsausdruck: Es war alles bereit, und er konnte es ebenso wenig wie sie erwarten, auf die Jagd zu gehen. Einer der Nisser fing Streit mit den Kellnern an, weil sie ihm nichts von dem gewürzten Glühwein servieren wollten, nach dem es in Stockholm überall duftete, mit der Begründung, dass schon ein Fingerhut ihn sturzbetrunken machen würde. Als Jacob den Wichteln recht gab, bediente der Winzling sich zum Dank an seinem Wein, und Fuchs fing ihn gerade noch rechtzeitig auf, bevor er vom Tisch taumelte und sich den dünnen Hals brach. Sie schob ihn in ihre Manteltasche, damit er seinen Rausch ausschlief, während Jacob ihr die Nixenschuppen zeigte, die er aus dem Sund gefischt hatte. Sie würden seine Schritte lautloser als die der Füchsin machen, und, was fast noch wichtiger war, seine Stiefel würden keine Spuren hinterlassen. Die Nixen Sveriges waren sehr hilfsbereit, verglichen mit ihren lothrischen Schwestern, den Mal de Mer, oder den Lorelei, die sich mit Vorliebe von Menschenfleisch ernährten. Eine Sjöjungfru, wie man sie in Sverige nannte, hatte Jacob nicht nur wohlwollend beobachtet, als er die Schuppen aus dem Wasser gefischt hatte, sondern ihm sogar ein paar aus ihrem schillernden Schwanz gezupft. Außerdem hatte Jacob bei einem Schiffausstatter, der auch ungewöhnlichere Ausrüstungsgegenstände führte, einen Täuschbeutel erworben, der selbst dann leer erschien, wenn man ihn mit so großen Beutestücken wie einer Geige füllte.

Das Wirtshaus schloss kurz nach Mitternacht, und Jacob und Fuchs strichen durch Stockholms nächtliche Gassen, wie sie es schon an vielen Orten und in vielen Städten getan hatten, all den Geschichten lauschend, die die alten Mauern flüsterten – und den Nissern, die ihnen von Dingen erzählten, die sich lange vor den Menschen an diesem Ort zugetragen hatten. Als sie zum Königspalast kamen, umgaben Schwärme von Irrlichtern die blassgelben Mauern. Sie mischten sich wie winzige Laternen in die immer dichter vom Himmel fallenden Schneeflocken. Vor ein paar Wochen war hinter einem der oberen Fenster eine

Prinzessin geboren worden – bucklig wie Charles von Lothringen, flüsterten die Nisser, und dass die Königin seither jeden Abend alle Fensterbrüstungen des Palastes mit Honigwasser bestreichen ließ, um die Irrlichter anzuziehen, weil ihr Licht Neugeborenen angeblich Gesundheit und Schönheit bescherte. Die Matrosen, die sie im Hafen von Masten und Segeln scheuchten, glaubten das sicher nicht. Sie fürchteten die hummelgroßen Geschöpfe – die trotz ihrer Menschengestalt eher an Insekten erinnerten –, weil sie allzu gern Schiffe vom Kurs abbrachten und sie begeistert umschwirrten, wenn sie an Klippen zerschellten oder in Untiefen auf Grund liefen.

Was immer man von Irrlichtern hielt – ihr Licht machte Stockholm bei Nacht noch schöner als bei Tag. Fuchs war dennoch froh, als es von den Kirchtürmen zwei Uhr schlug, und Jacob

ging es genauso. Sie hatten schon so viele legendäre Zauberdinge gemeinsam gefunden: den Gläsernen Schuh, ein Tischlein-Deck-Dich, das Spinnrad, das Stroh zu Gold verspann … Fuchs konnte es nicht erwarten, die verstummte Geige der Liste hinzuzufügen, umso mehr, weil sie nicht in den Wunderkammern einer Kaiserin oder in den Schatzkisten eines Königs verschwinden würde, sondern einer gewöhnlichen Familie das Glück zurückbringen sollte.

Ihre Auftraggeberin hatte ihrem Brief an Jacob ein Foto ihrer kranken Tochter beigelegt, eine sepiablasse Erinnerung an gesunde Tage. Fuchs sah das kleine Gesicht vor sich, während sie mit Jacob an der Mauer entlangschlich, die das verzauberte Haus umgab. Sie betrachteten die Schatzjagd gewöhnlich beide als ein fantastisches, herzschlagbeschleunigendes Spiel, aber in dieser Nacht schien es so viel mehr zu sein. Die Vorstellung, die verstummte Geige eines schönen Wassermanns wieder zum Singen und so einem kranken Kind Hoffnung zu bringen, bewegte Fuchs weit mehr als die Aussicht, ein Paar Siebenmeilenstiefel für einen König zu finden, der seine gekrönte Konkurrenz zu verblüffen wünschte, oder einen Glasschuh für eine verwöhnte Prinzessin, die auf die Art den perfekten Prinzen finden wollte.

Der eine Nisse schwankte immer noch etwas, als Fuchs ihn aus der Tasche zog, aber die drei bezogen wie abgesprochen Posten hinter der nächsten Laterne. Nun konnten sie nur noch hoffen, dass der eisige Wind, der vom Meer heraufwehte, ihnen nicht die winzigen Glieder gefror, bevor sie für die versprochene Ablenkung sorgten – was immer das sein würde. Sie hatten es nicht verraten wollen.

Das große Haus lag so still und scheinbar verlassen da wie am

Tag. Nur die Eiszapfen klirrten leise in der Nacht. Es klang wie ein Glockenspiel, das der Wind spielte, um seinen Bewohner für die vermessene Absicht zu verspotten, der Musik ein Ende zu machen. Fuchs fragte sich, ob deshalb so viele zerschlagene Eiszapfen im Schnee des Gartens lagen, während sie Jacob in den Baum nachkletterte, von dem sie sich über die Mauer schwangen.

Sie verwandelte sich, sobald sie im Garten standen. Jacobs Hände würden ausreichen, um die Türen zu öffnen. Die scharfen Sinne der Füchsin würden ein zweites Paar Hände wettmachen.

Es war ein unwirklicher Anblick, Jacob so lautlos auf das Haus zugehen zu sehen, als schwebte er über dem Schnee. Fuchs war sicher, dass die Schuppen der Sjöjungfru sich noch oft als nützlich erweisen würden.

Die Füchsin brauchte solche Hilfsmittel natürlich nicht.

Als Jacob die Hintertür erreichte, kniete er sich davor in den Schnee und zog eine Rabenfeder aus der Tasche. Er konnte das silbrige Schimmern nicht sehen, das der Füchsin fast jeden Zauber verriet, aber Fuchs lenkte seine Hände. Sie waren nach all den Jahren wie die ihren und ihre Augen waren die seinen. Als Jacob Schloss und Türrahmen gesäubert hatte, wischte er das Zaubergespinst mit einem Nesseltuch von der Rabenfeder und schob den Schlüssel in das Schloss, der ihnen schon die Türen vieler Schatz- und Grabkammern geöffnet hatte (er wurde Jacob ein Jahr später gestohlen, wie es meist mit solchen Schlüsseln geschah).

Die schmale Holztür sprang mit einem sachten Knarren auf. Fuchs schob sich als Erste hindurch. Ihre Augen brauchten kein Licht, um den dunklen Raum dahinter als Vorratsraum zu erkennen, und Jacob ließ ein paar Irrlichter frei, die er bestochen hatte, in dieser Nacht nicht für die Königin, sondern für ihn zu leuchten. Aber es war nicht die Dunkelheit, die die Füchsin schon nach wenigen Schritten warnend verharren ließ. Die Stille, die das Haus erfüllte, war, wie erwartet, nicht die Stille eines friedlich schlafenden Hauses. Sie schien auf ein Geräusch zu warten, wie eine lauernde Katze auf die Maus.

»So schlimm?«, flüsterte Jacob.

Fuchs hob witternd die Schnauze. »Ja und nein«, wisperte sie zurück.

Die gute Nachricht war, dass es wohl wirklich auch im Inneren des Hauses keine Wächter gab. Aber wie sollten sie diese Stille überlisten? Irgendein Geräusch würden sie machen, und was dann? Würde die Stille sie ersticken? Zerreißen? Verschlingen? Nicht einmal die Füchsin konnte das sagen. Fuchs wollte gerade vorschlagen, das Haus zu verlassen und erst wiederzukommen, wenn sie mehr über den Zauber wussten, der es bewachte, als von draußen der übermütige Ton einer Flöte hereindrang. Eine zweite gesellte sich hinzu, dann eine dritte.

Fuchs spürte, wie die Stille, die das Haus erfüllte, sich zusammenballte wie die Finger einer unsichtbaren Faust. Selbst Jacob fühlte es. Aber der Zorn, den sie spürten, wandte sich nach draußen. Das blieb auch so, als Fuchs wagte, sich wieder in Bewegung zu setzen. Jacob folgte ihr lautlos wie ein Schatten. Durch Räume, angefüllt mit kostbaren Möbeln, die Wände bezogen mit chinesischer Seide, die Teppiche auf dem Holzparkett so dicht geknüpft, dass Fuchs' Pfoten darin versanken. Doch die Kachelöfen, die in fast jedem Raum brannten, schienen nur Schatten zu wärmen, und die Stille, die das Haus erfüllte, war wie ein dunkles

Meer, das der Klang der fernen Flöten zornige Wogen schlagen ließ.

Auch wenn der Zauber, der diese Stille webte, sie nicht zu bemerken schien – Fuchs kam es vor, als setzte er sich ihr wie ein betäubendes Pulver ins Fell, und Jacob ging es ebenso. Was tat es dem Bewohner des Hauses an, in dieser verzauberten Stille zu leben, und das schon sein Jahrzehnten?

Im ersten Stock stießen sie am Ende einer weiten Treppe auf eine abgeschlossene Doppeltür. Jacob öffnete sie mühelos mit der Rabenfeder und dem Schlüssel, aber die schweren Türflügel öffneten sich nicht lautlos. Ihr Knarren hallte durch das stille Haus wie das Ächzen eines großen Tieres. Fuchs spürte, wie Jacob den Atem anhielt. Sie beide wagten kein Glied zu rühren, während sie die Stille wie Hände spürten, Hände, Ohren, Augen … die sich erneut nach draußen wandten, als die Flöten schneller zu spielen begannen. Die drei Nisser schienen den Schneeflocken zum Tanz aufzuspielen, mit einer Melodie, die mal ausgelassen, mal melancholisch klang und von Huldras und Wassermännern sang, von Mooszwergen und Gänsereitern und von der Sehnsucht nach dem Frühling. Die Stille schien zu vibrieren vor Zorn. Die nächtlichen Musikanten machten sie blind und taub, aber Fuchs las ihre eigene Sorge auf Jacobs Gesicht: Sehr lange würden die Nisser sie nicht schützen können. Sie mussten sich beeilen.

Zum Glück wartete hinter den Türen, deren Knarren sie fast verraten hatte, das, was sie gesucht hatten. Der Ballsaal, der sich vor ihnen öffnete, hätte einem König Ehre gemacht, aber nur die Bilder an den Wänden verrieten, was einst sein Zweck gewesen war. Nun war der Saal ein Mausoleum und die Toten waren

Musikinstrumente. Es waren so viele, dass man mehrere Orchester mit ihnen hätte ausstatten können. Sie alle waren bedeckt mit einem blassgrauen Pulver, das man leicht für Staub halten konnte, aber weder Fuchs noch Jacob wären diesem gefährlichen Irrtum erlegen. Der Staub war Knochenmehl, vorzugsweise von menschlichen Toten. Alle Hexen, ob hell oder dunkel, benutzten ihn, um Menschen, Tiere oder Gegenstände ohne Fesseln oder Ketten an einen Ort zu binden. Die dunklen Hexen mischten gern zusätzlich ein paar unappetitliche Zutaten hinein, durch die jeder, der den Staub berührte, auf der Stelle tot umfiel.

Unter den schlafenden Instrumenten waren ein Dutzend Geigen, aber nur bei zweien endete der Hals in einem Gesicht, wie Strömkarlen es in ihre Instrumente schnitzten. Beide wiesen, soweit man das unter dem feinen Staub ausmachen konnte, Intarsien aus Horn und Knochen auf, die den Schaum der Wasserfälle nachahmten, unter denen Strömkarlen vorzugsweise musizierten.

Jacob zog einen Pinsel aus der Gürteltasche. Der Stiel war dick wie sein Daumen, der buschige Kopf aus weichem schwarzem Haar. Eine helle Hexe hatte ihn gebunden, aus den Haaren ihrer Katze.

Welche ist es?, fragte sein Blick.

Die Füchsin stemmte die Vorderpfoten gegen die bemalte Wand, um die Geigen aus der Nähe beschnuppern zu können. Die rechte roch nach faulendem Laub und einem sumpfigen Tümpel. Das war der Geruch des Nokken, eines finsteren Verwandten der Strömkarlen, der mit seinem Geigenspiel Unglück und Streit säte. Die linke aber roch nach glasklarem Flusswasser, nach Wasserkresse und frischer Minze.

Jacob machte sich an die Arbeit, sobald Fuchs mit der Schnauze auf die linke Geige wies. Das sachte Wischen des Pinsels wurde leicht von dem Nachtkonzert übertönt, das draußen immer noch im Gange war. Eine Flöte zirpte so ausgelassen, dass Fuchs sich fragte, ob Jacobs Wein bei dem einen Nisser doch noch wirkte. Der Pinsel löste den Knochenstaub ohne Mühe von dem kostbaren Geigenholz, doch gerade als Jacob das geschnitzte Gesicht am Ende des Geigenhalses säuberte, verstummte das Flötenspiel draußen abrupt.

Schrille Schreie, hoch und grillenfein, hallten durch die Nacht. Das Haus schien ihnen ebenso zu lauschen wie Jacob und Fuchs, und während Fuchs sich noch Sorgen um die Nisser machte, spürte sie plötzlich, wie die Stille sich um sie her verdichtete.

Sie huschte auf die Saaltüren zu, bevor Jacob sie aufhalten konnte. Dann ließ sie einen kurzen Fuchsschrei hören, um die unsichtbaren Wächter von Jacob und dem Saal fortzulocken, und fuhr die Krallen aus, bevor sie die weite Treppe hinuntersprang, damit man das Scharren ihrer Pfoten hörte. Jacob hasste es, wenn sie den Köder spielte, und sie würde sich später einiges dafür anhören müssen, aber die Füchsin hatte so schon manche Schatzjagd gerettet.

Sie hatte die letzte Stufe erreicht, als ein Mann aus einer Tür am Ende der weiten Eingangshalle trat, in der Hand eine Laterne. Der Mann, dessen Gesicht sie mit flackerndem Kerzenlicht erhellte, war so blass und hager, als wäre er aus seinem eigenen Grab gestiegen, und seine Kleider waren seit Jahrzehnten aus der Mode.

»Eine Füchsin?« Seine Stimme klang wie ein Instrument, dem die Saiten fehlten. Er hob die Hand, und die Dunkelheit formte eine Meute von Schattenhunden, die die Füchsin einkreisten.

»Jagt sie hinaus.« Die Worte waren nur ein heiseres Flüstern. Es fiel leicht zu glauben, dass Gustav Öxenstierna seit drei Jahrzehnten mit niemandem sprach.

Die Schattenhunde zogen den Kreis um Fuchs enger – und wichen zurück, als sie sich verwandelte. Ihr Herr gab sich Mühe, seine Überraschung nicht zu zeigen. Aber sein blasses Gesicht überzog sich beim Anblick von Fuchs' Menschengestalt mit einem Anflug von Röte.

»Warum?«, fragte sie. »All die verstummten Instrumente, das stille, leere Haus …«

Die Schattenhunde duckten sich beim Klang ihrer Stimme, als zerrissen ihre Worte das Gewebe der Stille, aus dem sie gemacht waren.

»Ich schlage vor, du verwandelst dich wieder«, flüsterte ihr Herr. »Als Füchsin hast du eine wesentlich bessere Chance, bis zu meinem Tor zu kommen, bevor sie dich zerreißen.«

Er wandte sich erneut um, aber Fuchs glaubte, ein leichtes Zögern in seinem Schritt zu entdecken. Sie fragte sich, wie weit Jacob mit der Geige war. Die Stille formte mehr und mehr Hunde. Sie lösten sich aus der Dunkelheit, als würde sie sie gebären.

»Ihr habt mir meine Frage nicht beantwortet, Gustav Öxenstierna«, rief sie ihrem Herrn nach.

»Der Spitzname, den man mir in dieser Stadt gibt, gefällt mir besser«, sagte er, während er sich umwandte. »Tom Hjärta. Ich verstehe ihn als Kompliment. Ich wünschte, ich hätte schon immer ein leeres Herz gehabt. Mein alter Name hatte viel Gewicht in dieser Stadt. Einer meiner Vorfahren war sogar ein Vertrauter des Königs. Unwichtig. All das bedeutet nichts. Aber wem erzähle ich das? Du bist zu jung, um zu verstehen, wovon ich rede.«

Fuchs klärte ihn nicht darüber auf, dass sie dank der Füchsin wesentlich mehr über die Welt wusste, als ihr Menschengesicht verriet.

»Ich war so jung wie du, als dieses dumme Herz sich verliebt hat«, fuhr Tom Hjärta mit kaum hörbarer Stimme fort. »Sie hatte dasselbe rote Haar wie du, dieselbe weiße Haut. Vielleicht konnte sie sich ebenfalls verwandeln und wollte deshalb nicht mit mir in diesem Haus wohnen.«

Er musterte Fuchs, als sähe er in ihrem Gesicht ein anderes, für immer jung in seiner Erinnerung, während er alt geworden war.

»Sie ist mir davongelaufen! Mit einem Musikanten!« Seine Stimme war immer noch ein heiseres Flüstern, aber die Worte kamen ihm mit solcher Inbrunst von den blassen Lippen, dass sie trotzdem von den Wänden widerhallten.

Jacob hörte sie auch, als er aus dem verlassenen Ballsaal trat. Er scheuchte die Irrlichter zurück, damit sie ihn nicht verrieten, und lauschte mit angehaltenem Atem die Treppe hinunter, während seine Augen besorgt an Fuchs und der Meute von Schattenhunden hingen. Er trug die Geige in der Manteltasche. Durch den Täuschbeutel nahm sie kaum mehr Raum ein als ein Taschentuch.

»Er besaß keinen Pfennig!« Tom Hjärtas Stimme klang so tot wie das Rascheln von welkem Laub. »Und alles, woran er denken konnte, war seine Musik. Mein einziger Trost ist, dass sie sicher sehr, sehr unglücklich mit ihm geworden ist.«

Einer der Hunde blickte die Treppe hinauf.

Jacob trat vor und blieb am Rand der weiten Stufen stehen.

Ihr unfreiwilliger Gastgeber hob die Laterne.

»Ah, sieh an. Die Füchsin ist nicht allein gekommen. Natürlich nicht.« Ein Dutzend seiner Schattenhunde begann die Treppe hinaufzuschleichen, geduckt und mit gebleckten Zähnen, die so schwarz waren wie ihr Schattenfell.

»Ist er auch ein Musikant?« Tom Hjärtas Stimme klang nicht mehr ganz so ausdruckslos. Jacob hörte Bitterkeit, Zorn, Rachsucht.

»Er ist ein Schatzjäger«, sagte Fuchs. »Wie ich.«

Die Hunde zogen ihren Kreis enger um sie, aber ihr Gesicht zeigte keine Furcht. Manchmal machte ihre Verwegenheit sogar Jacob Angst, obwohl er sich selbst sicher nicht als furchtsamen Menschen beschrieben hätte.

»Schatzjäger?« Tom Hjärta schien von dem Beruf etwas mehr zu halten als von Musikanten. »Ah. Deshalb habt ihr euch in mein Haus gestohlen. Für die Instrumente. Es sind ein paar sehr kostbare darunter. Aber ich sehe keins in euren Händen. Hat euch meine Sammlung enttäuscht?«

Fuchs war froh, dass das Licht der Laterne nicht auf ihr Gesicht fiel, als Jacob antwortete. Vielleicht hätte es seine Lüge verraten.

»Es ist uns leider jemand zuvorgekommen«, sagte er. »Es ist eine Schande. Wir hatten so viel von Euren klingenden Schätzen gehörten. Eine Strömkarlen-Geige, Tummetott-Flöten, die Nyckelharpa einer Huldra – aber alles, was wir vorfanden, waren ein paar ganz gewöhnliche Instrumente und dazwischen leere Halterungen. Es scheint, die Diebe sind ebenso unbemerkt ins Haus gekommen wie wir.«

Tom Hjärtas hagere Gestalt versteifte sich.

»Seht nach, ob er recht hat!« Seine Stimme wurde zum ersten Mal laut.

Einer der Hunde, die Jacob umstanden, verwandelte sich in den Schatten eines Menschen und ging lautlos auf die Saaltür zu. Jacob schauderte, als er durch ihn hindurchschritt. Es war, als würde ihm ein Blick in Tom Hjärtas leeres Herz gewährt.

Der Schatten nickte seinem Herrn zu, als er zurückkam. Er war so stumm wie die Stille, aus der er gemacht war.

Plötzlich hörte man von draußen erneut die Flöten, etwas zaghafter als zuvor, aber die Nacht füllte sich mit Musik. Die Nacht und das stille Haus. Tom Hjärta stieß einen lautlosen Fluch aus und seine Schattenhunde entblößten das Gebiss.

»Die Hexe, die die Stille in Eurem Haus gewebt hat …«, Fuchs trat auf die Hunde zu, als sähe sie die schwarzen Zähne nicht, »… hat sie Euch davor gewarnt, dass Ihr mit den Instrumenten auch die Stimme Eures Herzens verstummen lasst?

Seht Ihr …«, Jacob blieb fast das Herz stehen, als sie einem der Schattenhunde über das gesträubte Fell strich, »… ich glaube nicht, dass es eine dunkle Hexe war.«

Der Hund verwandelte sich unter Fuchs' Händen in einen Raben und flatterte mit lautlosem Flügelschlag durch das stille Haus. Fuchs folgte ihm mit den Augen und lächelte. Dann wandte sie sich wieder Tom Hjärta zu.

»Die Stille, mit der Ihr Euch umgebt, hat eine helle Hexe gewebt, oder wir wären längst tot. Ihr habt nur etwas Zorn und Bitternis hinzugefügt.«

Die anderen Hunde folgten dem Raben mit den Augen, bis sie sich, einer nach dem anderen, ebenfalls in Vögel verwandelten. Sie flatterten um Jacob herum, als er die Treppe hinunterstieg und sich an Fuchs' Seite stellte. Er war sehr dankbar, dass Tom Hjärtas Schatten den Zauber in seiner Tasche nicht ebenso wittern konnte wie die Füchsin.

Einer der Raben ließ sich auf der Schulter seines Meisters nieder. Er verwandelte sich in ein Rotkehlchen, als Fuchs ihm zulächelte. Tom Hjärtas Blick hing mit einer Mischung aus Sehnsucht und nie vergessenem Zorn an ihr.

»Verschwindet!«, stieß er hervor. »Verlasst mein Haus, bevor ihr eure Meinung über meinen Zauber ändert!«

Das Rotkehlchen auf seiner Schulter wurde wieder zum Raben und die anderen Schatten kreisten über Fuchs und Jacob wie Geier über ihrer Beute. Jacob griff nach Fuchs' Hand und zog sie auf die Tür zu.

»Sagt den Nissern da draußen«, kam Tom Hjärtas heiseres Flüstern ihnen nach, »dass ich sie persönlich zertrete, wenn sie meine Nachtruhe weiter stören.«

Er war verschwunden, als Fuchs sich an der Tür noch einmal umsah.

Die Raben lösten sich in der Stille auf, als sie sie zuzog, und alles, was blieb, war ein schweigendes, dunkles Haus, in dem nur der ferne Klang der zirpenden Nisserflöten von der Welt draußen erzählte.

DAS RICHTIGE LIED

Der Himmel über Stockholms verschneiten Dächern war noch dunkel, als Jacob und Fuchs mit den Nissern in die Skomarkargatan zurückkehrten.

Harvård Asbjørnsen wartete in seiner Werkstatt mit einem schmalschultrigen alten Mann auf sie. Seine Kleider waren schon oft geflickt worden, und wer genau hinsah, entdeckte winzige schimmernde Schuppen auf dem Rücken seiner faltigen Hände. Ole Vattenkrasse hatte eine Bauerntochter aus Vimmerby zur Mutter, die niemandem je den Namen seines Vaters verraten hatte, aber es ging das Gerücht, dass es ein Strömkarlen gewesen war. Der alte Fiedler und Harvård Asbjørnsen kannten sich seit Jahrzehnten. Ole Vattenkrasse spielte seine Lieder Tag und Nacht, drinnen, draußen und bei jedem Wetter, und Harvård Asbjørnsens geschickte Hände sorgten dafür, dass die Geige des Alten all das unbeschadet überstand. Alles, was der Troll als Bezahlung verlangte, war eine der alten Volksweisen, die Ole Vattenkrasse wie kein anderer spielte.

Als Jacob die Geige aus dem Täuschbeutel zog, die zwei Jahrzehnte stumm an Tom Hjärtas Wand gehangen hatte, weiteten sich die Augen des alten Geigers, und seine Finger schlossen sich fast andächtig um ihren schlanken Hals und den vollkommen gerundeten Rumpf.

»Eikinskjaldi, hol das Pferdchen!«, knarrte Asbjørnsen, während die Nisser sich erwartungsvoll auf der Werkbank hinter ihm versammelten. Die drei, die Fuchs und Jacob geholfen hatten, ihren Auftrag zu erfüllen, hatten sich auf dem Rückweg ein Dutzend Mal dafür entschuldigt, dass sie eine Weile keinen Ton von sich gegeben hatten. Eine Katze war schuld gewesen. Nisser und Katzen verstehen sich nicht sonderlich gut.

Eikinskjaldi war im Morgenmantel. Schließlich war es noch finsterste Nacht. Sein schwarzer Bart bedeckte ihm die Brust wie Bärenfell, aber selbst den Zwerg schien der Anblick der Geige, die Ole Vattenkrasse so andächtig in den Händen hielt, etwas weniger mürrisch zu machen. Das kleine Holzpferd, das er von einem der Regale hob, hatte nicht der Troll geschnitzt. Asbjørnsen hatte schon als Kind damit gespielt und vor ihm sein Vater und dessen Vater. Es war ein Dala-Pferd, wie man sie überall in Sverige fand. Manchen waren Zügel und Sättel aufgemalt, andere hatten Flecken oder Streifen. Dieses war so rot wie Asbjørnsens Haus und hatte blau-gelb-rote Zügel. Der Zwerg setzte es dem Troll in die schwielige Hand und Asbjørnsen nickte Ole Vattenkrasse auffordernd zu.

Der Alte setzte seinen Bogen so behutsam auf die Saiten, als hätte er Sorge, sie durch das Rosshaar, mit dem der Bogen bespannt war, zu verletzen.

Der erste Ton, den die Geige in die Nacht sang, klang noch, als erwachte sie von einem langen, tiefen Schlaf. Doch dann füllte sie die Werkstatt mit Musik von solcher Süße, dass Fuchs Tränen in die Augen stiegen. Das rote Pferdchen in Harvård

Asbjørnsens Hand hob die Hufe und begann sich zu drehen. Es bäumte sich auf, im Rhythmus der Melodie, die die Geige sang, und galoppierte den Arm des Trolls hinauf, um erst auf seiner Schulter haltzumachen.

Ole Vattenkrasse folgte ihm mit den Augen, während ein glückliches Lächeln um seinen faltigen Mund spielte. Es war, als machte ihn jeder Ton, den er der Geige entlockte, etwas jünger. Schneller und schneller tanzte der Bogen über die Saiten, und Fuchs' Ohren füllten sich mit dem Rauschen eines Flusses, mit Sonnenstrahlen, die sich in den Wellen brachen. Sie glaubte den Schaum auf der Haut zu spüren und das kühle Wasser um ihre Knöchel. Sie sah ein muschelbedecktes Schloss auf dem Grund eines Sees, Schwärme von Fischen und Meermännern, Wasserpferde – Bäckahäst, wie man sie hier im Norden nannte – und einen wunderschönen Wassermann mit langem, dunklem Haar, der unter der Gischt eines Wasserfalls seine Geige spielte. Sie konnte kaum glauben, dass sie tatsächlich noch in der Werkstatt

des Trolls saß, als Ole Vattenkrasse den Bogen sinken ließ, aber die Bilder waren verschwunden, und das Dala-Pferd war erneut nur ein geschnitztes Spielzeug.

»Ja, dies ist die Geige eines Strömkarlen«, sagte Ole Vattenkrasse und legte sie Jacob in den Schoß. »Ich danke euch sehr, dass ich sie spielen durfte. Mein Vater hat mir die seine leider noch nicht vermacht. Er spielt sie sicher noch viele Jahrhunderte selbst, hoch oben in den wilden Wäldern, in denen er Bären und Wölfe als Zuhörer hat. Er bevorzugt etwas ungezähmtere Zuhörer«, setzte er mit einem Lächeln hinzu. »Wie die meisten Strömkarlen.«

Jacob strich über die Geigensaiten, als hoffte er, so noch etwas von ihrem Lied zu hören. Dann zog er den Täuschbeutel über den schlanken Hals und ließ die Geige erneut in seinen verzauberten Untiefen verschwinden.

»Ich hoffe für euch, dass Tom Hjärta nie herausfindet, dass er die wahren Diebe hat gehen lassen«, sagte Eikinskjaldi, während er das Dala-Pferd zurück an seinen Platz im Regal stellte. »Was habt ihr mit den anderen Instrumenten gemacht?«

Jacob schob die Hand in den Täuschbeutel und zog drei Tummetott-Flöten heraus, eine Oboe, ein Glockenspiel und schließlich, mit etwas Mühe und unter den staunenden Blicken aller Anwesenden, eine Nyckelharpa.

»Kann ich es Euch überlassen, neue Besitzer für diese Instrumente zu finden?«, fragte er den Troll. »Aber vielleicht weniger betuchte als den Kronprinzen.«

Harvård Asbjørnsen entblößte ein paar prächtige Zähne. »Sicher. Und ich hoffe, ihr zwei stattet Tom Hjärta noch viele Besuche ab.«

»Das überlassen wir besser anderen«, gab Jacob zurück, während er den Täuschbeutel in die Tasche schob. »Noch einmal würde uns wohl selbst Fuchs' rotes Haar nicht so glimpflich davonkommen lassen. Aber vielleicht können wir Meister Vattenkrasse überreden, mit uns nach Lund zu reisen?«

Das brauchte nicht viel Überredungskunst. Dem alten Mann reichte die Aussicht, erneut auf der Strömkarlen-Geige spielen zu dürfen.

Er tat es am Bett der kranken Tochter von Catrine Christell und schon nach wenigen Tagen war das Kind gesund. Ole Vattenkrasse aber blieb ein ganzes Jahr in Lund, um dem Mädchen Geigenstunden zu geben, vorzugsweise im Garten, selbst bei schlechtem Wetter, und viele Jahre später trat Amanda Christell als berühmte Geigerin in Stockholm auf. Obwohl es dort das stille Haus von Tom Hjärta immer noch gab.

Jacob und Fuchs besuchten Harvård Asbjørnsens Werkstatt schon bald noch einmal, diesmal wegen eines magischen Cellobogens, der selbst Töpfe und Pfannen zum Singen brachte. Aber das … ist eine andere Geschichte.

Ein Gesicht aus Feuer

Sterbliche Männer. Soldaten, Bauern, Prinzen ... Der See zeigte ihnen ihre Gesichter wie Treibgut, das er an seinem Ufer gefunden hatte. Manche versprachen viel, aber wenn sie sie auf die Insel lockten, verfielen sie ihnen so vollkommen, dass am Ende nichts von ihnen übrig war. Den anderen gefiel das, aber die Dunkle wollte mehr, so viel mehr. Vielleicht nannten ihre Schwestern sie deshalb dunkel – weil sie im Schatten der Nacht von Dingen träumte, die sie nicht verstanden.

Die Bäume, die am Ufer der Insel wuchsen, flüsterten ihr zu, dass es einst Männer gegeben hatte, die, wie sie, unsterblich waren. Sie flüsterten, dass sie ihnen sogar Kinder hatten schenken können. Die Dunkle Fee fragte ihre Schwestern nach ihnen. »Es ist nur ein Märchen«, sagte eine. »Es ist lange her«, sagte eine andere. »Sie haben uns bestohlen und jetzt sind sie fort«, sagte die Rote, »wir haben sie ausgelöscht.«

Die Dunkle trug ihre Worte an den See und blickte in die Wellen. Die Gesichter, die das Wasser ihr zeigte, trieben zwischen den Lilien, als wären sie aus Glas, und die Fee stand da und spürte die Leere in sich, all die furchtbare Leere.

Sie hatten sie selbst gesät.

Ihre Schwestern füllten sie, indem sie sterbliche Herzen brachen. Warum war ihr das nicht genug?

Sie nahm sich einen Prinzen. Einen Bauern. Einen Soldaten. Manchmal wusste sie nicht einmal, wer und was sie waren. Sie wollte ihre Namen nicht wissen, und keiner von ihnen erfuhr je, welchen Namen ihr das Wasser gegeben hatte. Sie stolperten wie Betrunkene auf die Insel. Die meisten brachten sich um, wenn sie sie fortschickte, und kehrten noch im Tod zu ihr zurück, um sich als Motten in ihrem Haar zu verlieren.

Die Dunkle aber fühlte die Leere jedes Mal schlimmer als zuvor.

So viel Kälte.

Und der endlose Fluss bedeutungsloser Zeit.

Sie musste so lange auf ihn warten.

Natürlich stand der rote Mond über dem See, als sie zum ersten Mal seinen Namen hörte. Die Dunkle liebte diese Nächte, in denen das Wasser sich rötete, als stünde der Himmel in Flammen.

Kami'en. Die Bäume flüsterten seinen Namen, als hätte der Wind ihn hergeweht, von all den Lippen, die ihn schrien, beschworen, seufzten, verfluchten. Kami'en.

Sein Gesicht zeigte ihr diesmal nicht der See. Das Wasser war zu kalt und feucht für eine Haut aus Feuer. Sie sah es in ihren Träumen. Als wollten sie sie dafür bestrafen, dass sie selbst sich so oft in die Träume anderer gestohlen hatte.

Tag für Tag. Nacht für Nacht. Augen aus Gold und ein Gesicht aus versteinertem Feuer.

Wie konnte sie glauben, dass es trotzdem ein Spiel bleiben würde?

All die Jahrhunderte nichts als Motten in ihrem Haar.

Unsterblichkeit machte dumm.

Wäre sie zu ihm gegangen, wenn sie von dem Schmerz gewusst hätte?

Ja.

Ihre Schwestern drohten ihr. Wie konnte sie fortgehen, um ihn zu finden? Die Männer kamen zu ihnen, angelockt wie Kinder vom Kuchen der finsteren Hexen, nur dass ihr Köder nicht Zucker und Zimt, sondern Schönheit war. Aber die Dunkle war es leid, so zu sein wie sie. Sie wussten nichts von der Welt und die Welt wusste nichts von ihnen. Unsterbliches Leben, verschwendet damit, ihr eigenes Spiegelbild in einem See zu betrachten und ab und zu ein Menschenherz zu brechen. Sie waren nutzlos wie Blüten ohne Pollen, tot trotz ihrer Unsterblichkeit, verloren in dem Käfig,

den sie aus Verachtung gebaut hatten, Verachtung für alles, was anders war als sie.

Ja. Sie verließ ihre Schwestern, die Insel und den See, um ihn zu finden. Sie war die Erste, die fortging, seit unzähligen Jahren die Erste.

Die Träume zeigten ihr, wo sie ihn finden würde. Die blutige Erde, die schmutzigen Zelte, die Felder, die mit Gefallenen bedeckt waren, als hätte ein Bauer tote Körper gesät.

Der Jaspisgoyl stellte sich ihr in den Weg. Hentzau. Er hasste sie vom ersten Augenblick an so sehr, wie Kami'en sie lieben würde. Der Jaspishund wusste sofort, was sie war. Fee. Seine Furcht machte ihn fast so schwach wie sein Hass. Sie schritt durch ihn hindurch wie Wasser durch porösen Stein – und sie wusste danach alles über ihn.

Der Mond stand über den Toten und sie hielt alles immer noch für ein Spiel.

Kami'en war allein.

Er wandte sich um, als sie in sein Zelt trat.

Sein Gesicht war ihr fast so vertraut wie das eigene, doch er sah sie zum ersten Mal. Sie hatte ihn nicht in seinen Träumen besucht, obwohl er in ihren war. Sie hatte vor ihm stehen wollen, wenn er sich in der Begierde verlor, mit der ihre Schönheit sie alle umspann.

Und sie sah es.

Sah alles in seinen goldenen Augen.

Aber dann war sie es, die sich verlor. In der Ungezähmtheit seines Herzens. Seiner Stärke. Dem Echo des eigenen Hungers nach mehr, immer mehr.

Er war Feuer, das auf dem Wasser brannte.

Und das Spiel war verloren.

Zum ersten Mal.

Der Kamm der Hexe

Jacob roch den Zimt in der kalten Abendluft, lange bevor das spitzgieblige Haus zwischen den Bäumen auftauchte. Zimt und geschmolzener Zucker, Lebkuchenziegel und Dachschindeln aus mondlichtweißer Schokolade. Die Kinderfresserinnen waren sehr einfallsreich, wenn es um die Dekoration ihrer Häuser ging. Und da stand es, zwischen hohen Tannen. Auf den zuckerlackierten Zaunpfählen steckten kandierte Äpfel. Blüten aus Vanilleteig spickten die Ranken über der Eingangstür. Windbeutel ragten wie Pilze aus dem Gras, das trotz des Schattens, den die Bäume warfen, dicht und saftig grün hinter dem Zaun wuchs.

Jacob legte seinem Pferd hastig die Hände über die Nüstern, bevor es mit seinem verängstigten Schnauben die Hexe herbeirief. Um sie herum fraßen die Schatten den Wald. Es war schon am helllichten Tag unheimlich genug, aber Chanute hatte nur ungeduldig den Kopf geschüttelt, als Jacob vorgeschlagen hatte, am frühen Morgen zu kommen.

»Wie oft muss ich es dir noch erklären?«, hatte er gegrunzt. »Morgens sind sie zu Hause. Backen ihre Giftkuchen, polieren den Ofen oder schlafen aus. Aber sobald es dunkel wird, fliegen

sie aus, streuen Zuckerspuren, legen Marzipan auf die Türschwellen hungriger Kinder und blasen Träume von Kuchen und gebackenen Äpfeln durch ihre Fenster.«

Als sie die scheuenden Pferde auf den Zaun zu zogen, flatterte ihnen ein Schwarm winziger Vögel entgegen. Jacob hatte von den Lockvögeln gehört, die die Kinderfresserin vom Schwarzen Wald auf ihrem Dach singen ließ. Sie sahen aus, als wären sie aus dunkler Schokolade gemacht, und ihre winzigen Schnäbel und Augen waren so rot wie die Zuckerkirschen, mit denen das Zauntor verziert war. Es duftete so verlockend, dass selbst Jacob sofort die Versuchung verspürte, es zu öffnen, obwohl er wusste, was der Duft verbarg. Schlafglöckchen, Träumerling, Nachtlilien ... Es gab viele Pflanzen im Schwarzen Wald, die betäubten und in Zuckerguss und Kuchenteig kaum zu schmecken waren.

Die Hexe im Schwarzen Wald verbreitete ihren Schrecken seit vielen Jahren. Meist lockte sie Kinder durch ihr Tor, die keine Eltern mehr hatten oder so viele Geschwister zu Hause, dass ihr Verschwinden fast willkommen war. Einmal hatten sich die Bauern eines Dorfes zusammengetan, um ihr Haus niederzubrennen, aber sie waren wieder umgekehrt, nachdem der Wald zwei von ihnen getötet hatte. Die Bewohner des Schwarzen Waldes wurden zu oft wegen ihrer Klauen und Federn gejagt, um Menschen wohlgesonnen zu sein. Die Hexe hätte sich keinen besseren Schutz wünschen können.

Vor ein paar Monaten hatte Jacob Chanute trotzdem gebeten, in den Wald zu gehen und sie gemeinsam zu verjagen. Der Grund war ein Mädchen gewesen, das auf dem Marktplatz von Schwanstein gebettelt hatte. Als es eines Tages verschwand, hieß es, dass der Hunger es zu dem Lebkuchenhaus getrieben hatte.

Jacob hatte von ihr geträumt ... von ihr und dem Ofen. Es waren furchtbare Träume gewesen, aber Chanute hatte nur gegrunzt, dass er kein Kinderretter, sondern ein Schatzjäger sei und sich bestimmt nicht wegen irgendeines dahergelaufenen Bettelmädchens mit einer Kinderfresserin anlegen würde.

Nein, natürlich nicht.

Ein Hexenkamm war da schon etwas anderes. Die Kaiserin wünschte sich seit Langem ein Exemplar, doch Chanute hatte sich taub gestellt, bis sie den richtigen Preis genannt hatte. Die Hexen machten die Kämme aus Vogelknochen. Wer sie sich durchs Haar zog, verwandelte sich in eine Krähe.

»Ich glaub, hinter dem linken Fenster hat sich was bewegt.« Jacob schmeckte Zimt auf der Zunge.

»Blödsinn. Ich sag dir doch, sie ist ausgeflogen.« Chanute scheuchte einen Zuckervogel fort, der sich ihm auf die Schulter setzen wollte.

»Siehst du die Schokoladenblüten über der Tür? Die öffnen sich nur, wenn sie fort ist. Bewachen das Haus. Also mach schon und öffne das Tor, oder willst du hier stehen bleiben, bis der Schneider sich neue Kleider aus uns macht?«

Der Schneider. Jacob schauderte. Im Schwarzen Wald hausten viele Monster und der Schneider klang noch schlimmer als die Hexe.

Die Geschichte mit den Blüten war eine Lüge, aber das erfuhr Jacob erst Jahre später. Chanute war ein Meister darin, Lügen wie die reinste Wahrheit klingen zu lassen. Es würde noch viele Jahre dauern, bis er nicht mehr darauf hereinfiel.

Chanute blockierte das Tor mit einem Stein, sobald Jacob es geöffnet hatte. Das Tor einer Lebkuchenhexe ließ jeden ein,

aber niemanden wieder heraus, wenn es sich einmal hinter einem schloss. Sie mussten die Pferde hindurchzerren, aber der Wald war zu gefährlich, um sie unter den Bäumen anzubinden.

Das kuchenbeklebte Haus duftete aus der Nähe so unwiderstehlich, dass es sehr schwerfiel, nicht von den zimtbestäubten Ziegeln zu naschen. Blüten aus weißer Schokolade, Herzen aus Marzipan, Fensterrahmen aus Pfefferminz ... Jacob kehrte der zuckrigen Falle den Rücken zu, aber der Duft zog ihm weiter so verführerisch in die Nase, dass er sich fast in die stinkende Höhle eines Menschenfressers wünschte.

»Das Schlafzimmer ist meist auf der Rückseite des Hauses«, raunte Chanute ihm zu. »Such dort zuerst.«

Jacob sah ihn entgeistert an.

»Was guckst du so? Die Zauberdinge in einem Lebkuchenhaus können nur Kinder anfassen. Schließlich sollen sie keinen Verdacht schöpfen, wenn sie mit ihren neugierigen kleinen Fingern überall herumtasten. Aber wenn ein Erwachsener es versucht, hat er nichts als Asche in der Hand. Ist eine Art Diebstahlversicherung der Hexe.«

Jacob wurde übel vor Angst. Aber er hatte gelernt, das zu verbergen, und nicht nur vor Chanute.

»Na gut, ich hole den Kamm. Aber du kommst mit.«

Chanute verzog den Mund zu einem Grinsen. »Nein, besser nicht. Siehst du die Blüten über der Tür? Sie bestäuben Erwachsene mit Gift und im Haus warten sicher auch ein paar nette Überraschungen.«

Jacob fand nie heraus, ob das mit den Blüten auch eine Lüge gewesen war. Als er viele Jahre später noch einmal vor dem Lebkuchenhaus im Schwarzen Wald stand, war es seit Langem verlassen, und Regen und Wind hatten nicht nur die Schokoladenblüten von den Mauern gewaschen. Kaum ein Tier war dumm genug, sich an ihnen zu vergreifen.

Chanute zog die Pistole und prüfte die Munition. Kugeln halfen nicht viel gegen Hexen, aber er hatte die Patronen mit einem Pflanzengift präpariert, das sie angeblich einige Minuten lähmte.

»Ich bin schon dreizehn!« Jacob scheuchte einen Zuckervogel fort, der sich ihm ins Haar krallen wollte. »Was, wenn die Überraschungen bei mir auch schon funktionieren?«

»Ach was!« Chanute schob die Pistole zurück ins Halfter. »Ich weiß, du suchst ständig nach Bartstoppeln in deinem Milchgesicht, aber noch seh ich keine. Also geh endlich! Oder willst du, dass wir hier immer noch rumstehen, wenn sie zurückkommt, und wir beide als Kröten in ihrem Brunnen enden?«

Verdammt. Jacob verfluchte Chanute mit jedem Schimpfnamen, den er je vor oder hinter dem Spiegel aufgeschnappt hatte.

Aber er würde dem Alten nicht den Triumph gönnen, seine Angst zu sehen. Oh nein.

»Falls du irgendwas hörst, während du nach dem Kamm suchst, versteck dich nicht unter dem Bett!«, raunte Chanute. »Das ist so beliebt bei ihren Opfern, dass sie die Unterseiten der Matratzen mit Augen spicken.«

Na bestens.

Jacob zog die alte Pistole, die Chanute ihm gekauft hatte. Der Lauf war so krumm, dass man eine Handbreit daneben zielen musste. »Ich will auch was von der präparierten Munition.«

Chanute drückte ihm mit mürrischer Miene zwei Patronen in die Hand. »Lass die Finger von den Kuchen.«

Jacob warf ihm zur Antwort nur einen verächtlichen Blick zu. Er war es so leid, wie ein Kind behandelt zu werden, obwohl er dem Alten schon mehrmals den Hals gerettet und unzählige Nächte irgendwo Wache gestanden hatte, während Chanute seinen Rausch ausschlief. Eines Tages ... eines Tages würde er all die Schätze finden, nach denen Chanute vergeblich gesucht hatte, und sie ihm vor die Stiefel werfen. Nein, besser! Er würde sie der Kaiserin verkaufen und ihr berühmtester Schatzjäger werden. Er würde so berühmt werden, dass niemand sich mehr an Albert Chanute erinnern würde.

Er wandte sich um und ging auf die Eingangstür zu. Sie duftete nach Marzipan. Bevor er die Hand um die Klinke schloss, blickte er sich noch einmal zu Chanute um. Die Grimasse, die er zog, sollte wohl ermutigend sein, aber Jacob sah den Blick, den der Alte auf die dunklen Fenster warf. Die Wachsamkeit darin gefiel ihm nicht, aber es war schon zu spät.

Die Tür öffnete sich, kaum dass Jacob die Klinke berührte. Ihr

Knarren ließ ihn zusammenfahren, als hätte er von innen den Schrei eines Kindes gehört.

Ein Kamm, der in eine Krähe verwandelte.

Das klang für ihn nicht, als wäre es das Risiko wert, in einem Ofen zu landen. Chanute vermutete, dass die Kaiserin den Kamm für ihren Spionagedienst wollte.

Jacob schob sich durch die Tür.

Der Geruch im Inneren war noch stärker als im Freien. Jacob presste die Hand vor Nase und Mund, aus Angst, das Betäubungsmittel könnte schon beim Einatmen wirken.

Der Raum mit dem Ofen lag gleich hinter der Tür. Er warf nur einen schnellen Blick hinein. *Denk an den Kamm, Jacob. Nur an den Kamm.*

Die Küche. Eine Abstellkammer … Er blieb abrupt stehen.

Eine Katze stand vor ihm auf dem Flur. Die dunklen Lebkuchenwände ließen ihr Fell wie frisch gefallenen Schnee leuchten. Alle Kinderfresserinnen hielten sich weiße Katzen – als könnten sie so die eigene Dunkelheit aufhellen.

Wie sie ihn anstarrte.

Mach, dass du hier rauskommst, Jacob. Sie wird ihre Herrin rufen.

Aber durch die offene Tür, vor der sie stand, sah er ein Bett und einen Tisch mit einer Waschschüssel. Er würde sich schämen, zu Chanute zurückzukehren und ihm zu gestehen, dass er vor einer Katze davongelaufen war.

Du musst es ihm ja nicht erzählen, Jacob. Tu es ihm nach und lüg ihm etwas vor.

Aber er zögerte nicht nur wegen Chanute. Die Jagdlust hatte ihn gepackt. *»Jacob Reckless hat einer Kinderfresserin den Zauberkamm vom Nachttisch gestohlen.«* Es klang zu gut.

Er lauschte. Alles, was er hörte, war das Ticken einer Uhr und sein eigenes Atmen.

Als er sich an der Katze vorbeischob, war er für einen Augenblick versucht, ihr das weiße Fell zu streicheln, aber zum Glück erinnerte er sich rechtzeitig daran, dass dunkle Hexen ihre Zauber manchmal im Fell ihrer Katzen versteckten. Wie sah das aus? Nisteten die Flüche wie Flöhe in dem weichen Fell?

Das Schlafzimmer roch nicht nach Zimt und Zucker, sondern nach getrockneten Kräutern. Sie hingen in Büscheln von der Decke. Eisenhut, Belladonna, Spinnenbeeren ... Jacob ging an dem schmalen Bett vorbei. Neben dem einzigen Fenster stand ein Tisch mit einem Spiegel. Auch Kinderfresserinnen waren eitel. Sie konnten sich, wie alle Hexen, das Gesicht geben, das sie tragen wollten, und jung und schön bleiben, solange sie es wünschten. Aber sie verloren diese Fähigkeit, wenn sie den Fehler machten, ein Kind zu töten, dessen Körper bereits erwachsen wurde. Chanute besaß eine der Porzellanmasken, die sie über

den verfallenen Gesichtern trugen. Die Geschichte, wie er sie bekommen hatte, wechselte je nachdem, wie betrunken er war.

Die Kinderfresserin vom Schwarzen Wald hatte ihr Gesicht offenbar noch. Vor dem Spiegel standen eine Puderdose, ein kristallener Parfümflakon, eine Schatulle mit Schmuck. Es hieß, dass sie es liebten, sich unter Menschen zu mischen, bei einem Ball, in der Oper … die Finsternis versteckt unter Schönheit.

»Warum fressen sie Kinder?«, hatte Jacob Chanute gefragt, nachdem er ihm von einer Hexe erzählt hatte, die angeblich mehr als tausend Kinder gefangen hatte. »Werden sie so geboren? Wie Menschenfresser?«

»Nein, sie tun es freiwillig«, hatte Chanute geantwortet. Er war ausnahmsweise nicht betrunken gewesen. »Es gibt Zauber, die man nur in der Dunkelheit lernt. Du musst dir dafür alle Unschuld aus dem Herzen brennen. Mitgefühl, Liebe, weg damit …

und das geht am besten, indem du die tötest, die noch viel von all dem haben. Du verkaufst deine Seele, um die Finsternis zu beherrschen. Und irgendwann frisst sie dich. Mit Haut und Haar.«

Der Schminktisch der Hexe hatte eine Schublade. Jacob zog sie auf.

Da lag er. Ein Kamm aus Vogelknochen. Jacob fuhr mit dem Finger über den haarfeinen Silberdraht, der sie zusammenhielt.

»Wie alt bist du?«

Die Stimme klang so süß wie der Kuchen, mit dem sie ihr Haus beklebte. Und offenbar konnte sie ebenso lautlos auftreten wie ihre Katze.

Er würde Chanute umbringen. Er würde ihn mit seiner präparierten Munition erschießen. Ihn in den Brunnen der Hexe werfen. Oder in Schnaps ertränken. *Nur schade, dass du zu all dem nicht kommen wirst, Jacob, weil die Kinderfresserin dich vorher umbringen wird.*

Er drehte sich um.

Nein, sie war nicht mehr schön. Sie war bereits dabei, ihre Fähigkeit zu verlieren, sich das Gesicht zu geben, das sie wollte. Der finstere Hunger hatte ihr Schatten um die Augen gelegt und scharfe Linien um den Mund.

»Sechzehn«, antwortete Jacob.

Zu alt, um dir zu schmecken, wollte er hinzufügen. Aber da ihr Haus ihn eingelassen und ihre Zauberdinge unter seinen Fingern nicht zu Staub zerfallen waren, hatte Chanute ihn vielleicht auch darüber belogen.

»Weißt du, was ich mit Dieben wie dir mache?«, gurrte sie. »Ich verwandle sie in einen Kuchen und klebe sie hoch oben an meinen Schornstein, wo die Vögel an ihnen picken, bis nichts von ihnen übrig ist als ein paar trockene Krümel und etwas Zuckerguss.«

Jacob war nicht sicher, ob das besser als der Tod im Ofen klang.

Warum hatte er die Pistole nicht in der Hand behalten?

Er stolperte zurück, als sie einen Schritt auf ihn zumachte. Sie musste ihn berühren, um ihn zu verwandeln.

Du bist Lebkuchen, Jacob.

Draußen begann jemand zu singen.

Chanute.

Die Kinderfresserin fuhr herum und lauschte. Sie färbte sich das Haar, aber man sah am Ansatz, dass es ausgebleicht wie das Haar eines Geistes war.

Jacob ließ sie nicht aus den Augen, während er hinter sich griff und in der Schublade nach dem Kamm tastete. Was hatte er schon zu verlieren.

Die Kinderfresserin wandte sich ihm wieder zu.

Sie bleckte die Zähne. Sie waren spitz wie die ihrer Katze. Jacob versuchte, sich nicht zu fragen, wie viele Kinder sie damit gegessen hatte.

»Der da draußen wird dir nichts nützen«, zischte sie.

Jacob sprang zur Seite und stieß das Fenster mit dem Ellbogen ein. Es war leicht. Die Scheibe war aus Zucker.

Sie krallte ihre heißen Finger in seinen Nacken, als er die Beine über das Fensterbrett schwang. Jacob trat ihr mit dem Stiefel vor die knochige Brust. Ihre Katze sprang ihn an und schlug ihm die Krallen ins Bein, aber er war schon im Freien. Die Nesseln, in denen er landete, verbrannten ihm die Haut, und eine Pflanze mit schwarzen Früchten schlang ihm stachlige Ranken um den Leib. Die Klinge seines Messers glitt nutzlos von ihnen ab und über ihm kroch die Hexe aus dem Fenster. Jacob spürte ihre knochige Hand schon in seinem Haar, als Chanutes Kugel sie traf.

Sie erstarrte tatsächlich.

Chanutes Messer zerschnitt die Ranken, als wären sie aus Papier. »Hast du den Kamm?«

»Ich bring dich um.« Jacob spürte Tränen auf dem Gesicht. Tränen der Wut. Der Angst.

Chanute pflückte ihn aus den Nesseln und warf ihn sich über die Schulter.

»Lass mich runter!«

»Das heißt wohl Nein.«

Die Pferde ließen sich kaum einfangen. Chanute hob Jacob in den Sattel. Seine Hände zitterten so sehr, dass er nur schwer die Zügel halten konnte. Hinter ihnen kam die Hexe mit einem schrillen Schrei zu sich.

»Minuten?«, schimpfte Chanute. »Das Zeug wirkt kaum mehr als ein Dutzend Sekunden und ich hab dem verdammten Schadensapotheker einen Goldtaler dafür bezahlt!«

»Warum hast du sie nicht umgebracht?«

Chanute zerrte die Pferde durch das Tor. »Ich weiß nicht, wie.«

Es wurde schon hell, als sie endlich aus dem Wald fanden. Aber sie kamen heil heraus – obwohl sie fast in das Netz eines

Fallenstellers stolperten und einmal glaubten, in der Ferne das Klippklapp einer Schere zu hören.

Chanute goss Jacob Schnaps auf die Brandwunden, die die Finger der Hexe an seinem Hals hinterlassen hatten. Die Kratzer von den Krallen ihrer Katze betrachtete er mit mehr Sorge.

»Die lässt du besser behandeln«, sagte er, während er sie mit einer übel riechenden Salbe bestrich. »Du kennst doch die Hexe, die neben dem alten Trollfriedhof wohnt. Sie wird wissen, was zu tun ist.«

Jacob nickte nur. Dann zog er den Kamm aus der Tasche.

Chanutes Mund verzog sich zu einem Grinsen.

»Wusste ich's doch«, knurrte er. »Schließlich hast du bei Albert Chanute gelernt.«

Jacob schloss die Finger fester um den Kamm. Sie rochen immer noch nach Zucker und Marzipan. »Er gehört mir.«

Chanute öffnete den Mund. Und schloss ihn.

»Ja«, sagte er. »Das tut er.«

Palast aus Glas

Im Retiro-Park in Madrid steht ein Palast aus Glas. Tagsüber hallt er wider von Stimmen aus aller Welt und in seinen schimmernden Wänden spiegeln sich tausend Gesichter. Aber wenn die Nacht ihn mit Stille und Dunkelheit füllt, erzählt der Palacio de Cristal eine andere Geschichte.

In den Reiseführern heißt es, dass sein Architekt, Ricardo Velázquez Bosco, den Palast aus Glas bauen ließ, weil es im Jahr 1887 große Mode war, das zu tun. Aber wie so viele Geschichten, die sehr überzeugend klingen, ist das nicht die Wahrheit:

Ricardo Velázquez Bosco entwarf den Palacio de Cristal für eine Frau, und er baute ihn aus Glas, weil Glas sie ihm schenkte und wieder nahm.

Er war noch ein sehr junger Mann, als er an einem Februarabend der letzte Gast im Café Colon war. Der Wind blies so feuchtkalt durch die Straßen, dass selbst die Bewohner Madrids, die spät essen und noch später schlafen gehen, an diesem Abend zu Hause blieben. Aber die Wirtin, bei der Ricardo ein schäbig möbliertes Zimmer gemietet hatte, seufzte nur, dass die Welt immer kälter wurde, und hüllte sich in selbst gestrickte Schals, statt ihr Haus zu heizen. Weshalb Ricardo sein Notizbuch wesentlich lieber im gemütlichen und gut geheizten Café Colon mit Skizzen und Ideen füllte. Und Ricardo Velázquez Bosco hatte viele Ideen! Er wollte Häuser bauen, Kirchen, Museen, Paläste …

Der Wirt warf ihm immer öfter einen mürrischen Blick zu. Schließlich hatte Ricardo seit Stunden nichts als ein Glas von seinem billigsten Wein und einen Mocca bestellt.

Er widerstand selbst den Tapas, die die Frau des Wirts selbst zubereitete, obwohl ihr Duft beachtliche Gaumenfreuden versprach, so leer waren seine Taschen. Ricardo machte sich gerade darauf gefasst, den Rest des Abends doch in seinem ungeheizten Zimmer verbringen zu müssen, als die Frau des Wirts zu seiner Erleichterung einen Streit mit ihrem Mann begann. Soweit er verstand, ging es um ihren Bruder, der in die Kolonien gegangen war, um dort sein Glück zu machen, und nun Geld für die Schiffspassage nach Hause brauchte. Was auch immer … Ricardo war dem in der Ferne gestrandeten Landsmann sehr dankbar für die Galgenfrist, und er begann, das Portal eines Palastes zu skizzieren, den er viele Jahre später bauen würde. Er suchte gerade in seinen Taschen nach einem frisch gespitzten Bleistift, als er in dem großen Spiegel, der ihm gegenüber wie ein Überbleibsel aus besseren Tagen an der verblichenen Seidentapete hing, ein Gesicht zu sehen glaubte.

Der Spiegel war beschlagen, als hätte der Wind, der draußen an den Fensterblenden rüttelte, ihm das Glas mit seinem feuchten Atem getrübt. Es war seltsam dunkel und so uneben, wie es gewöhnlich nur sehr alte Spiegel sind.

Die junge Frau löste sich aus dem Glas, als hätte es sie geboren.

Die späte Stunde ... der Wein ... Ricardo Velázquez Bosco schloss die Augen und öffnete sie wieder. Aber sie stand immer noch da, zwischen den Tischen aus dunklem Holz, den Stühlen, die fleckig von zahllosen Fingern und verschüttetem Wein waren. Schöner als die reichen Fabrikantentöchter, die in ihren

Droschken an ihm vorbeifuhren, wenn er im Retiro-Park spazieren ging. Schöner selbst als die Sängerin, die ihm und tausend anderen jungen Männern jeden Samstag im Teatro de la Zarzuela das Herz brach. So viel schöner. Sie war das Schönste, was Ricardo je gesehen hatte.

Der Wirt stritt inzwischen so leidenschaftlich mit seiner Frau, dass er sie nicht einmal bemerkte.

Wie sie sich umsah. So verwirrt, als wäre sie nicht sicher, ob sie sich in einem Traum verloren hatte.

Ihr Haar glich gesponnenem Kupfer, und ihre seltsam altmodischen Kleider erinnerten Ricardo an die Gemälde, vor denen er im Prado verzückte Stunden verbrachte, auch wenn es nicht die Kleider einer Prinzessin waren. Sie war eine Näherin, aber das erfuhr er erst später.

Er schob den Stuhl zurück, richtete sich auf, machte zögernd einen Schritt auf sie zu, voll Angst, dass sie sich als Trugbild erweisen würde. Er hatte in der Zeitung von den Luftspiegelungen gelesen, die Reisende in den Wüsten Nordafrikas narrten. Warum sollte das Glas eines Spiegels nicht Ähnliches bewirken können wie erhitzte Luft?

Aber sie verschwand nicht, als er näher trat, und als er vor ihr stehen blieb, spürte er die Wärme von menschlichem Fleisch und Blut.

Sie blickte so verloren drein.

Wie hätte er sich nicht in sie verlieben können?

Es war ein Wunder, dass er sich noch an seinen Namen erinnerte. Er stammelte ihn, verlegen wie ein Schuljunge, bevor er sie mit einer ungeschickten Verbeugung nach ihrem Namen fragte.

Sie antwortete nicht.

Sie blickte ihn nur an. Wie jemanden, der einem im Traum begegnet. Er erfuhr ihren Namen erst am nächsten Tag. Rocio, das bedeutete Tau in seiner Sprache. Rocio Baras. Bis zu seinem Tod sahen Tautropfen für Ricardo wie flüssiges Glas aus.

Es klang, als hätte der Wirt seinen Schwager nie gemocht. Er verstummte erst, als Ricardo die Münzen für den Wein und den Mocca auf den Tresen zählte. Seine Frau streifte das Mädchen aus dem Spiegel nur mit einem flüchtigen Blick. Endlich jemand, der sie von dem späten Gast befreite.

Als Ricardo die Cafétür öffnete, folgte Rocio Baras ihm so zögernd nach draußen wie ein Kind einem Fremden in einen dunklen Wald. Sie musterte die Gaslaternen, die das Kopfsteinpflaster in milchiges Licht tauchten, die Schaufenster, die Droschke, die vorbeifuhr, und fuhr zusammen, als die Fehlzündung eines Automobils durch die Nacht drang.

»Ist es ein Feenzauber?« Ihr Spanisch klang so altmodisch wie ihr Kleid. Ricardo glaubte einen andalusischen Akzent herauszuhören. »Ich dachte, sie benutzen nur Wasser! Oh, meine Mutter hat mich gewarnt. Fass niemals einen Spiegel an, Rocio. Der Kalif von Cordoba soll einen besitzen, der ihm seine Feinde zeigt.«

Feenzauber … das Wort klang wie das Echo einer Vergangenheit, in der die Straßen dunkel und die Menschen Kinder gewesen waren!

Dies war das Jahr 1869. Das erste Schiff war gerade durch den Suezkanal gefahren. Die Ärzte im Hospital Provincial desinfizierten seit Neuestem ihre Instrumente, bevor sie operierten. In New York fuhr ein Zug auf Gleisen hoch über der Stadt!

Aber sie war aus einem Spiegel gekommen.

Ricardo nahm sie mit in das ungeheizte Zimmer und überließ ihr sein Bett. Er zeichnete ihr Gesicht ein Dutzend Mal, während sie schlief, füllte Seite für Seite in seinem Notizbuch statt mit Palästen und Kirchen mit ihrem atmenden Fleisch. Ihr

Haar bedeckte das verwaschene Linnen seines Kissens wie angelaufenes Gold.

Am nächsten Tag kaufte er ihr Kleider, wie die anderen Frauen sie trugen. Er zeigte ihr den Palacio Real, die Schätze im Monasterio de las Descalzas Reales, die Bilder an der Casa de la Panadería und nahm sie mit in den Prado, weil es für ihn keinen schöneren Ort in Madrid gab. Aber sie blieb nur vor den Bildern stehen, die Feen, Einhörner und Zentauren zeigten, und erzählte ihm auf dem Heimweg von Brujas, die sich in Elstern verwandelten, und von Hadas, die junge Männer wie ihn in den Wahnsinn trieben, indem sie sich im Wasser eines Tümpels zeigten.

Am Abend stellte sie eine Schale mit Milch vor seine Tür und erklärte ihm, dass sie hoffte, so ein paar Duendes anzulocken, die seine Kammer besser putzten, als seine Wirtin es tat.

Ricardo wollte all das nicht hören. Die Welt, aus der sie kam, verstörte ihn. Er verstand nicht, warum sie nicht einsah, dass diese Welt und Zeit so viel besser war. Er wollte sie heiraten. Ihr ein Haus bauen. Einen Palast!

Aber Rocio Baras wurde blasser mit jedem Tag. Sie wollte die Kleider, die er ihr gekauft hatte, nicht länger tragen und wurde sehr aufgebracht, als Ricardo ihr erzählte, dass er die Kleider, in denen sie aus dem Spiegel gekommen war, fortgeworfen hatte. Aber wie hätte sie in ihnen je vergessen können, dass sie nicht schon immer an seiner Seite geschlafen hatte?

Wenn sie ihn nach dem Café Colon fragte, nahm Ricardo sie mit in andere Cafés und spielte ihr vor, ebenso bestürzt wie sie zu sein, wenn es erneut das falsche war. Im El Espejo presste sie die Hand auf jeden Spiegel, bis ein Kellner sie ärgerlich fragte, ob sie ihm am Abend helfen würde, sie zu polieren.

Sie begann sich nachts davonzustehlen, und als sie ihn eines Morgens mit erleichtertem Lächeln weckte, wusste er, dass sie das Café Colon gefunden hatte.

Und den alten Spiegel.

Sie bat ihn, mit ihr zu kommen. Sie erzählte ihm von Prinzen und Kaiserinnen, für die er die Paläste bauen konnte, von denen er träumte, von Kalifen, die ihre Festungen mit Mosaiken schmückten und auf fliegenden Teppichen über die Dächer seiner Stadt flogen, die man in ihrer Welt Mayrit nannte.

»Willst du die Einhörner denn nicht sehen, Ricardo?«, fragte sie. »Sie grasen auf dem Platz, den ihr Plaza de la Paja nennt! Du kannst den Duendes Wohnungen unter die Treppe deines Hauses bauen und sie werden es sauberer halten als deine furchtbare Wirtin!«

Wahnsinn. Das war es. Nichts weiter.

Fuhr sie nicht nachts aus dem Schlaf, weil sie von dem Riesen träumte, der zwei ihrer Brüder zertreten hatte? Sie trug ein Amulett, das sie gegen Menschenfresser schützte, und der Anblick der Arena auf der Plaza de Toros de Las Ventas ließ sie fragen, ob die Toreros seiner Welt sich ebenfalls in Stiermenschen verwandelten, wenn der Stier ihnen die Haut oder die bestickten Kleider zerriss.

Wie konnte sie zurückwollen?

Rocio …

Sie umarmte und küsste ihn, als er einwilligte, das goldene Amulett, das sie trug, bei dem Wirt des Café Colon gegen den Spiegel einzutauschen. Ricardo erzählte ihr nicht, dass er am Tag zuvor den Auftrag erhalten hatte, dem reichsten Zuckerhändler von Madrid ein Haus zu entwerfen. Er sagte ihr nicht, dass er

keineswegs die Absicht hatte, in einer Welt zu leben, in der es weder Züge noch Automobile gab und ein Mann wie er vermutlich nur als Fürstengünstling Karriere machen konnte. Ganz abgesehen von den Riesen und Menschenfressern!

Er wollte nur Rocio, das Mädchen aus Glas, wie er sie insgeheim nannte! Er wollte nichts mehr – und er wollte nicht länger in der Angst leben, sie eines Tages zu verlieren.

Also ging er, wie versprochen, zum Café Colon. Aber er behielt das Amulett in der Tasche und bezahlte stattdessen zwei

Männer dafür, die sich an einem der Tische mit dem billigsten Wein des Wirts betranken, eine Schlägerei zu beginnen. Es sah wie ein Unfall aus, als sie den Spiegel dabei zerschlugen.

Das zersprungene Glas zeigte Ricardo sein Spiegelbild. Es war kein schöner Anblick.

Wie konnte Liebe so hässlich machen?

Und so dumm …

Er war so sicher gewesen, dass er Rocio davon würde überzeugen können, dass er nur der unschuldige Überbringer der schlechten Nachricht war. Aber sie kannte ihn zu gut. Ricardo erinnerte sich an den Blick, mit der Rocio Baras seiner Geschichte lauschte, noch als alter Mann. Die Liebe zersplitterte in ihren Augen wie das Glas, das der Wirt des Café Colon schimpfend zusammengekehrt hatte.

Er lief ihr nach, als sie sich wortlos umwandte und die enge Treppe hinunterstieg, an deren Fuß seine Wirtin neugierig den Kopf aus der Tür steckte.

Sie drehte sich nicht um, sooft er auch ihren Namen rief, bis sie den Park erreichte, in dem sie zusammen spazieren gegangen waren.

Es war schon dunkel, aber sie ging weiter. Weiter und weiter, bis die von Gaslicht erleuchteten Straßen hinter den Bäumen verschwunden waren. Schneller und schneller, als könnte sie seine Welt so hinter sich lassen.

Dann wandte sie sich zu ihm um und breitete die Arme aus.

Die Lerche, in die sie sich verwandelte, war fast so braun wie ihr Haar. Ricardo behielt das Flattern der Flügel im Ohr, bis er starb.

Im Retiro-Park in Madrid steht ein Palast aus Glas.

Der berühmte Architekt Ricardo Velazquez Bosco hat ihn gebaut.

Es heißt, dass er oft für Stunden darin stand und den Vögeln nachblickte, die sich zwischen die Wände aus Glas und Eisen verirrten.

Aber die Lerche, für die er den Palast gebaut hatte, kam nie zurück. Obwohl die Glasmacher behaupten, dass Ricardo Velázquez Bosco den heißen Glasbrei, bevor er erstarrte, mit seinen Tränen versetzen ließ.

Die Augen vergessen nicht

Seine Kritiker schrieben gern, dass er von Michelangelo gelernt hatte, wie man Körper aus Stein zum Atmen brachte. Rodin widersprach ihnen nicht. Sie schrieben viel und verstanden nichts. Wann war das je anders gewesen? Er verachtete ihre wohlformulierten Meinungen, gemeißelt aus dem Granit ihrer Unwissenheit. So wie sie ihn dafür verachteten, dass er nur der Sohn eines Polizeibeamten und einer Näherin war.

Seine Augen hatten sie gesehen. So hatte er es gelernt. Menschen aus Stein. In einem Wald in Belgien, nahe Charleroi, im Schwarzen Land, wo der Ruß selbst an den Bäumen klebte.

Vielleicht war es Michelangelo nicht anders ergangen.

Das Pferd, das er sich von einem Freund geliehen hatte, war von der Straße abgewichen, weil es das Wasser eines Baches gewittert hatte. Wie er verflucht hatte, den störrischen Klepper statt der Kutsche genommen zu haben! Aber er war in jenen Tagen so arm gewesen, dass er sich kaum die Passage in der Kutsche, geschweige denn eine Fahrkarte für den Zug leisten konnte, Auguste, der Sohn der Näherin, mit dem Gesicht und den Händen eines Fabrikarbeiters.

Die Haut des Mannes war blass wie der Marmor, aus dem

Rodin seinen Körper später zahllose Male meißeln würde. Der Frau streifte Amethyst die Haut, als hätte sie jemand mit Diamanten tätowiert. Sie küssten sich mit steinernen Lippen und hielten einander umschlungen, als hätten sie eine Welt verloren.

Gesichter. Hände. Lippen aus Stein. Atmend. Liebend. Der Stein hörte für Rodin nie wieder auf zu atmen.

Sie bemerkten ihn, als das Pferd schnaubend das Maul aus dem Bach hob.

Die Augen, deren Blick ihn zwischen den Bäumen fand, waren aus blassem Gold.

Die Frau griff nach dem Säbel, der neben ihren Kleidern im Gras lag. Eine Uniform. Grau wie Granit. Der Stoff so grob gegen die polierte Glätte ihrer Haut.

Rodin schaffte es in den Sattel, bevor sie ihn erreichte.

Sie riefen sich etwas zu. Ihre Stimmen klangen, als hätte der Stein in seinem Atelier das Sprechen gelernt.

Er blickte sicher wie ein entlaufener Verrückter drein, als er in das nächste Wirtshaus stolperte. Er bestellte eine Flasche Absinth, setzte sich ans Fenster und starrte die Straße hinunter, die ihn von dem Wald fortgebracht hatte. Er saß immer noch da, als sich die Schankstube am Abend mit den Arbeitern der Fabriken füllte, deren Schlote man am Horizont sah. Als Rodin sie nach Menschen aus Stein fragte, lachten sie und fragten ihn, ob er der verrückten Alten aus dem nächsten Dorf begegnet war, die frisch gebackenes Brot in die Brunnen warf, um die Steinmänner günstig zu stimmen.

Nur ein Mann lachte nicht. Er war noch jung, aber die Arbeit in den Minen würde das bald ändern.

»Sie haben Augen aus Gold«, lallte er Rodin ins Ohr. Und zog den Kopf ein, als ein anderer ihm den Ellbogen in die Seite stieß.

Die Kritiker schrieben gern, dass Rodin von Michelangelo gelernt hatte, wie man Körper aus Stein zum Atmen brachte.

Warum hätte er es bestreiten sollen?

Weihnachtszauber in Hammaburg

Jon
Drechs

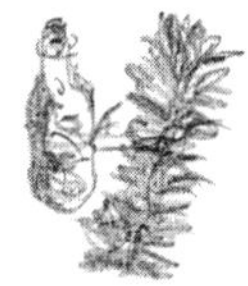

DER SCHIFFSZIMMERER VON HAMMABURG

Paris – Lutis, London – Londra, Vena – Wien … es gab zahllose Städte vor und hinter dem Spiegel, die einander wie Geschwister glichen.

Aber kaum eine ähnelte ihrem Zwilling auf der anderen Seite so sehr wie Hamburg. Der Grundriss der Spiegelstadt war fast derselbe, ebenso wie die geografische Lage. Der Fluss, der beide Städte zu bedeutenden Häfen machte, trug sogar denselben Namen (allerdings war er noch etwas sauberer), doch die Straßen hatten noch keine von Bomben gezogenen Feuerschneisen gesehen und keine Große Flut …

Hammaburg war, wie viele Orte jenseits des Spiegels, eine Reise in die Vergangenheit, ein verblichenes Foto, das zu neuem Leben erwachte und zurückbrachte, was verloren gegangen war. Das und ein bisschen mehr …

Zwischen den alten Kaufmannshäusern fand man nicht nur Grachten, die in Jacobs Welt längst zugeschüttet worden waren. Die Gassen, die sie umgaben, teilten sich Heinzel und Makrelenwichte mit den menschlichen Bewohnern, Pfeffergnome, Klabauter und Muskatstilze, die irgendein Schiff hergebracht hatte, nordische Trolle, die Galionsfiguren schnitzten, die sich bewegten, und Zwergenhändler, die den menschlichen Kaufleuten der Stadt sehr erfolgreich Konkurrenz machten.

Es war Dezember, als Jacob zum ersten Mal mit Fuchs in die alte Hafenstadt kam. Er hatte sie in dem Glauben gelassen, dass der Grund für ihren Ausflug in den Norden ein Fisch war, der in einem der Kanäle der Stadt lebte und Wünsche erfüllte. Vielleicht gab es ihn wirklich. Aber Jacobs eigentlicher Anlass für die Reise waren ein Schiffszimmerer namens Julius Brahms und die Schiffe, die er in Flaschen füllte.

Die magischen Dinge, mit denen Jacob seinen Lebensunterhalt als Schatzjäger verdiente, verdankten ihren Zauber gewöhnlich der Tatsache, dass sie nicht menschlichen Ursprungs waren. Doch einer der anerkanntesten Historiker hinter dem Spiegel, Robert Dunbar, vertrat die Ansicht, dass Menschen, die wahre Meister ihres Handwerks waren, ebenfalls Zauberdinge erschaffen konnten. Falls die Geschichten, die man sich über Julius Brahms und seine Flaschenschiffe erzählte, stimmten, dann war er ein solcher Mensch.

Es war der 21. Dezember, und aus den Wolken, die wie schmutzige Watte über den zahllosen Kirchtürmen der Stadt hingen, fiel der Schnee so dicht, dass die Flocken Fuchs wie Puderzucker am Fell hafteten. Hinter dem Stadttor herrschte ein solches Gedränge, dass Jacob sich immer wieder besorgt nach ihr umsah, während sein Pferd sich einen Weg durch die Menschen suchte. Fuchs hatte sich wie so oft geweigert, Menschengestalt anzunehmen, und Jacob musste zugeben, dass die Füchsin zwischen all den Kutschrädern, Hufen und Stiefeln sicher nicht gefährlicher lebte als all die Heinzel und Makrelenwichte, von denen das Kopfsteinpflaster wimmelte.

Die Stadt machte kein Geheimnis daraus, dass es kurz vor Weihnachten war. Die Hauseingänge waren mit Tannengrün und Feenbeeren geschmückt, und die reichen Händler, die die Stadt regierten, hatten Schwärme von Irrlichtern in den Gassen aussetzen lassen, in die keine Gaslaterne das Licht des Fortschritts warf. Die kalte Luft duftete nach gewürztem Wein, gebrannten Mandeln und Marzipan, aber der Wind vom Hafen würzte die Mischung mit dem Geruch von Teer, Bierhefe und offenem Wasser.

Auf dem Nixenmarkt (der auf der anderen nixenlosen Seite Schaarmarkt hieß) stand eine höhere Tanne als vor dem Königspalast in Freising. Der Baum war mit all dem geschmückt, was die Elbe an Kostbarem in die Stadt schwemmte: mattgoldenes Undinenhaar, Nixentränen, Silberaustern. Dazwischen steckten Schiffe in den immergrünen Zweigen – und Münzen aus aller Welt. Hammaburg war eine Handelsstadt und stolz darauf. Auch wenn die Künstler der Stadt ihre Taler zählenden Kaufleute gern als Pfeffersäcke verspotteten.

Für die Summe, die der Mietstall hinter der Hauptkirche verlangte, hätte Jacob in Schwanstein ein neues Pferd kaufen können, aber er zahlte es, ohne zu murren. Er hatte erst vor ein paar Tagen sehr gut an einem Paar Zauberstiefel verdient, die ihren Träger einen ganzen Kopf größer erscheinen ließen – kein sonderlich beeindruckender Zauber in Jacobs Augen, aber dem lombardischen Fürsten, dem er die Stiefel verkauft hatte, waren sie sechs Goldtaler wert gewesen.

Jacob hatte schon viele magische Kostbarkeiten gefunden, seit er ohne seinen alten Lehrer Albert Chanute auf die Schatzjagd ging, und er gab gern zu, dass er viel von diesem Erfolg der Füchsin verdankte. Jacob schloss nicht leicht Freundschaft. Das war auch hinter dem Spiegel nicht anders. Aber mit Fuchs war es so leicht, als wäre sie ihm schon durch die Träume seiner Kindheit gefolgt. Es waren inzwischen fast anderthalb Jahre vergangen, dass er sie aus einer Falle befreit hatte, aber dass Fuchs nicht mit einem Fell geboren worden war, wusste Jacob erst seit wenigen Monaten. Sie waren beide nicht sonderlich gut darin, ihre Geheimnisse preiszugeben.

Der magische Schiffszimmerer, den Jacob aufsuchen wollte, betrieb sein Gewerbe nicht am Jungfrauenstieg, der neuen Prachtstraße, die Hammaburgs reiche Bürger gerade an die Mühlenau hatten bauen lassen, um dort ihre silberbeschlagenen Droschken spazieren zu fahren. Als Jacob im Geschäft eines Hutmachers die Adresse nannte, nach der er suchte, erntete er nur ein missbilligendes Stirnrunzeln. Erst ein Leierkastenmann, der ihm frierend den zerbeulten Hut hinhielt, klärte ihn darüber auf, dass er in den weniger feinen Vierteln am Hafen suchen musste, wo ankommende Matrosen nach Elfenstaub und Mädchen suchten, die Liebe für ein Amulett aus isländischen Krakenaugen verkauften.

In den Hafenvierteln verriet die Stadt, wie alt sie war. Die Häuser zeigten noch das alte Fachwerk, das viele Städte hinter dem Spiegel so leicht wie Zunder brennen ließ. Die Straßen waren zu eng für Kutschen oder gar Automobile, und unter den Brücken, die die Grachten überspannten, nistete die Cholera. Aber Jacob liebte die krummen Gassen, die Kanäle und die schartigen alten Mauern. Erinnerungen und Geschichten blieben so viel leichter daran haften als an den glatten Mauern seiner Welt.

Als immer mehr Straßenköter die Witterung der Füchsin aufnahmen, verwandelte Fuchs sich hinter dem Karren eines Lumpenhändlers. Sie trug ein warmes Wollkleid über dem aus Fell, als sie wieder zum Vorschein kam. Aber Jacob hängte ihr trotz ihres Protests seinen Mantel um die Schultern. Sie fror selbst im Sommer oft für Stunden, wenn sie das Fell für die Menschenhaut eintauschte.

Vor ihnen zogen ein paar zerlumpte Kinder bettelnd von Tür zu Tür. Die Lieder, die sie sangen, klangen vertraut. Weihnachtslieder klangen überall gleich, vor und hinter dem Spiegel, und Jacob bekam wie immer ein schlechtes Gewissen, weil er diese Tage so viel lieber und immer öfter hinter dem Spiegel verbrachte, obwohl es auf der anderen Seite einen Bruder und eine Mutter gab. Weihnachten … Schneeballschlachten im Park, der Lichterschmuck in den Straßen, die seltsamen Geschenke, die sein Großvater mitbrachte, Magenschmerzen von zu viel Marzipan, der jährliche Streit zwischen seiner Mutter und seiner Großmutter darüber, ob der Baum mit Wachs- oder elektrischen Kerzen geschmückt wurde … Fuchs blickte einem Vater nach, der mit seiner kleinen Tochter an ihnen vorbeiging. Welche Erinnerungen brachten die Weihnachtslieder bei ihr zurück? Fuchs erwiderte Jacobs Blick, und was er in ihren Augen sah, wärmte ihm das Herz trotz der Traurigkeit, die er darin sah. Sie waren einander Familie.

Nachdem Jacob fast eine Stunde vergebens nach der richtigen Straße gesucht hatte, ließ er Fuchs vorangehen. Sie witterte jede Art von Zauber selbst in Menschengestalt fast so mühelos wie eine Hasenspur. Fuchs war überrascht, dass Jacob sie nach dem Laden eines Schiffszimmerers Ausschau halten ließ, um einen Fisch zu finden. Aber sie war es gewohnt, dass sie die Dinge, nach denen sie suchten, oft auf krummen Wegen fanden.

Die meisten Läden, an denen sie vorbeikamen, boten magische Objekte irgendeiner Art an: Kompasse, die angeblich Schätze fanden, Seile, die unlösbare Knoten knüpften, Amulette aus Fischknochen, die ewige Liebe brachten. In einer Welt, in der Magie eine Alltäglichkeit war, war es noch leichter, Menschen an falschen Zauber glauben zu lassen und damit Geschäfte zu machen.

Das Ladenschild, unter dem Fuchs schließlich stehen blieb, versprach keine Zauberei.

JULIUS BRAHMS
Flaschenschiffe
aller Art

Vier Treppenstufen führten zu der Ladentür hinauf. Im Schaufenster daneben lagen Flaschen in allen Größen und Formen, aus grünem, braunem und klarem Glas. Jacob wurde sogar auf Flussfähren seekrank, wenn der Wind es nicht gut mit ihm meinte, aber Fuchs liebte alles, was schwamm, so sehr, wie er alles liebte, was fliegen konnte. Sie musterte die winzigen Schiffe, die in den Flaschen auf Wellen aus bemaltem Papier trieben, mit solchem Entzücken, als hätte sie nie etwas Schöneres gesehen.

Der Meister war bei der Arbeit. Zwei Heinzel assistierten ihm, weißblond und nicht so spitznasig wie ihre austrischen Vettern. Es hieß, dass Julius Brahms sie nur die Segel nähen ließ und seinen Kunden garantierte, dass die Holz- und Papierarbeiten allesamt von ihm stammten. Selbst die Takelage spannte er angeblich eigenhändig. Meisterschaft brauchte Leidenschaft. Die Flasche, die zwischen den Heinzeln lag, war eine gewöhnliche Weinflasche. Das Schiff darin war ein flandrisches Handelsschiff mit vergoldeter Reling und einem Meermann als Galionsfigur. Es war eine wunderschöne Arbeit. Die drei Masten richteten sich auf, sobald der kleinere Heinzel an einem der Bänder zog, die aus dem Flaschenhals hingen. Nach einem Ruck an dem zweiten entfalteten sich die Segel.

In vielen Hafenstädten vor und hinter dem Spiegel gab es

Flaschenbauer, die ähnliche Wunderwerke hinter Glas bannen konnten. Aber Julius Brahms vermochte, wenn man den Geschichten glaubte, weit mehr als das. Jacob konnte nur hoffen, dass die Geschichten wahr waren. Es war ein weiter Weg von Schwanstein nach Hammaburg.

Brahms warf ihm einen so spöttischen Blick zu, als hätte er Jacobs letzten Gedanken gehört. Dann beugte er sich über den Tisch und blies sachte in den Flaschenhals.

Die aus Papier geschnittenen Wellen begannen, sich zu kräuseln und Schaum zu treiben. Wattebauschgroße Wolken bildeten sich hinter dem klaren Glas und die Segel blähten sich. Die Papiermöwen, die auf der Reling hockten, spreizten die Flügel und flatterten um die Masten.

Ihr Geschrei drang durch das Glas, vermischt mit dem Rauschen der Wellen und dem Knarren der Segel.

Die Heinzel schlugen den Korken mit winzigen Hämmern in die Flaschenöffnung, und ihr Meister erhob sich zufrieden von dem Hocker, auf dem er saß.

»Hat das Schiff auch eine Besatzung?«, fragte Jacob.

»Wenn der Kunde es wünscht.« Julius Brahms lächelte verschmitzt. »Aber ich rate davon ab. Irgendwann versucht die Mannschaft, durch den Korken zu brechen, und ich kann nicht garantieren, dass unter den Matrosen keine Piraten sind.« Brahms sprach mit starkem Akzent, jedes S spitz wie die Nadeln, mit denen seine Heinzel die Segel nähten. Er war ein stämmiger Mann, dessen plumpen Händen man nicht ansah, dass sie Schiffe bauen konnten, die sie leicht zwischen den Fingern hätten zerdrücken können.

Jacob blickte sich um. »Das ist eine bescheidene Werkstatt für einen Mann, dessen Handwerkskunst Fürsten bewundern.«

Julius Brahms zuckte die Schultern. »Es ist das Haus, in dem ich geboren wurde, und wer mich finden will, findet mich hier. Warum sollte ich ein anderes wollen?«

Jacob mochte Julius Brahms.

Aber der größere der Heinzel ließ einen schmerzerfüllten Seufzer hören. »Der lothrische König wollte Meister Brahms in den Adelsstand erheben und ihm ein Schloss in Aquitanien schenken!« Er gab sich keine Mühe, zu verbergen, was er von der Entscheidung hielt, ein zugiges Fachwerkhaus in Hammaburg einer solchen Bleibe vorzuziehen. Allerdings hätte er sicher auch an dem Schloss schon bald etwas auszusetzen gehabt. Heinzel waren leidenschaftliche Nörgler.

Sein Meister ignorierte ihn und wischte sich ein paar Sägespäne von den Hosen.

»Ich bin hier, um eine Bestellung abzuholen«, sagte Jacob. »Auf den Namen Reckless.«

Fuchs warf ihm einen überraschten Blick zu.

»Ah ja. Worauf wartet ihr?«, wandte Brahms sich an die Heinzel, die auf der Tischkante hockten und sich zwei winzige Pfeifen stopften. »Behandelt man so die Kundschaft? Mit dem Feiern habt ihr es immer sehr eilig.«

Das Paket, das die Heinzel mit sichtlich gekränkter Miene aus einem Nebenzimmer holten, war in rotes Papier eingeschlagen und trug Brahms' Siegel, in weihnachtsgrünen Wachs geprägt.

Als Jacob Fuchs das Paket überreichte, nahm sie es mit so ungläubiger Miene entgegen, als hätte sie nie zuvor ein Geschenk bekommen, und für einen Moment glaubte Jacob, das Kind zu sehen, das sie einmal gewesen war. Er hatte noch nicht herausgefunden, wie alt genau sie war. Zwölf? Vierzehn? Man vergaß leicht, wie jung an Menschenjahren sie war. Die Füchsin war so erwachsen – manchmal so viel erwachsener als er selbst.

Die Freude auf Fuchs' Gesicht verwandelte sich in schuldige Bestürzung, als Jacob die sechs Goldtaler auf Brahms' Tisch zählte, die er mit den magischen Stiefeln verdient hatte. Er zog sie aus der Ladentür, bevor sie auf die Idee kam, Julius Brahms das Paket zurückzugeben, das sie so fest an die Brust presste.

Auf dem Weg zum Mietstall sprach sie zunächst kein Wort. Aber zwischen den Ständen eines Marktes, auf dem man alles, vom tanzenden Lebkuchenmann bis zur sprechenden Ziege, kaufen konnte, blieb sie schließlich unvermittelt stehen.

»Das war all unser Geld.«

»Ich weiß.«

»Das Paket ist für uns beide, oder?«

»Nein. Es ist nur für dich.«

Schweigen.

»Warum?«

Jacob wies auf die geschmückten Häuser, den kostümierten Knecht Ruprecht, der mit seiner Rute ein paar schmutzige Kinder erschreckte, die Engel aus Marzipan. »Es ist Weihnachten.«

Fuchs öffnete den Mund – und schloss ihn wieder.

Sie schwieg, bis sie den Mietstall erreichten. Als sie sich dort nach einem dunklen Winkel umsah, in dem sie sich verwandeln konnte, zog Jacob sie stattdessen zu seinem Pferd.

»Wie willst du das Paket mit Fuchspfoten auspacken?«, fragte er, bevor er sich hinter ihr in den Sattel schwang.

Er ritt hinaus zu den weiten feuchten Flusswiesen, die die Stadt umgaben. In der anderen Welt waren sie längst unter Vorgärten und Straßenasphalt verschwunden. Erst als sich im Seitenarm des Flusses, dem er folgte, nur noch der graue Himmel spiegelte und das einzige Leben, das sich am Ufer regte, ein paar verfrorene Sumpfhühner und Schilfgnome waren, zügelte Jacob das Pferd. Die Wiesen ringsum waren weiß vom Schnee, und zwischen dem Schilf, das am Ufer wuchs, hatte sich Eis wie schmutziges Glas über dem Wasser gebildet.

Fuchs öffnete die Schachtel, die unter dem roten Papier zum Vorschein kam, so vorsichtig, als könnte das, was sich darin verbarg, davonfliegen, wenn sie nicht achtgab.

Die Flasche, die sie heraushob, beherbergte einen schlanken Einmaster. Seine zwei Segel waren noch gerefft, und der flache Rumpf war aus einem Holz geschnitzt, das rotbraun wie das Fell einer Füchsin war.

Fuchs sah Jacob an.

Für den Ausdruck auf ihrem Gesicht hätte er noch wesentlich mehr Gold bezahlt als das, was er Julius Brahms auf den Tisch gezählt hatte.

»Worauf wartest du? Lass es zu Wasser«, sagte er.

Fuchs blickte ihn verständnislos an. Sie griff Jacob erschrocken in den Arm, als er die Flasche auf die Wellen setzte.

Aber Julius Brahms war ein so großer Zauberer, wie man es über ihn erzählte.

Das fuchsbraune Boot legte den Mast an wie ein Tier, das aus seinem Bau kriecht, um durch den Flaschenhals zu passen. Es begann zu wachsen, sobald der Kiel das Wasser berührte. Das Holz ächzte und seufzte, während es sich spreizte und den Mast in den schneeschweren Himmel streckte.

Das Boot, das am Ende neben der leeren Flasche schwamm, als wäre es einer gläsernen Larve entschlüpft, war gerade groß genug für Fuchs. Es war nicht leicht gewesen, herauszufinden, welche Wünsche sie in ihrem Herzen verbarg. Fuchs schwieg gründlicher über sich und ihre Vergangenheit als Jacob selbst.

Aber schließlich war es nicht umsonst sein Handwerk, verborgenen Dingen auf die Spur zu kommen. Die Muschel, die sie bei sich trug … die Tatsache, dass sie Boote so fachkundig musterte, wie er es mit Pferden tat … der träumerische Gesichtsausdruck, den der Schrei jeder Möwe auslöste … die Ausreden, die sie für Umwege fand, um einen Blick aufs Meer zu erhaschen … er hatte sie im Schlaf von grauen Wellen flüstern hören und von Fischen, deren schuppige Leiber sie aus Netzen befreite. Trotzdem. Jacob hatte sich Sorgen gemacht, dass er all diese versteckten Hinweise falsch gelesen hatte, bis Julius Brahms' Boot aus der Flasche schwamm.

Fuchs umarmte ihn so fest, wie sie es nie zuvor getan hatte. Sie verbarg das Gesicht an seiner Brust, als wäre das Glück darauf etwas, für das sie sich schämte.

»Du solltest dich beeilen«, sagte er. »Wenn es dunkel wird, schrumpft es wieder. Und es wächst nur einmal im Jahr.« Er setzte sich ans Ufer. »Nun mach schon. Ich warte hier. Ich rühr mich nicht von der Stelle. Versprochen.«

Sie watete in das kalte Wasser, obwohl es ihr in die Stiefel schwappte, und hisste das Segel so selbstverständlich, als hätten ihre Hände nie etwas anderes getan. Der Wind und das Wasser nahmen sie mit sich, und die Schneeflocken wirbelten ihr nach, als regnete es Sterne.

Jacob aber saß da, in seine Satteldecke gehüllt, und spürte das eigene Lächeln auf dem Gesicht. Er streckte die Hand nach den Flocken aus und spürte, wie sie auf der warmen Haut schmolzen. Es hatte sich selten etwas besser angefühlt.

Irgendwann tauchte vor ihm ein Fisch aus dem Wasser auf, mit blassgoldenen Schuppen und wasserblauen Augen, die ihn anstarrten, als warteten sie tatsächlich darauf, dass er einen Wunsch aussprach.

Aber Jacob schwieg. Er sorgte lieber selbst dafür, dass seine Wünsche in Erfüllung gingen. An diesem nebelverhangenen Wintertag hatte er eh nur einen: dass er Fuchs noch oft so glücklich sehen würde.

Leseprobe
aus

Cornelia Funke

RECKLESS

Steinernes Fleisch

Gefunden und erzählt
von Cornelia Funke und Lionel Wigram
Überarbeitet von Cornelia Funke

1
ES WAR EINMAL

Die Nacht atmete in der Wohnung wie ein dunkles Tier. Das Ticken einer Uhr. Das Knarren der Holzdielen, als Jacob sich aus seinem Zimmer schlich – alles ertrank in ihrer Stille. Aber Jacob liebte die Nacht. Sie war wie ein schwarzer Mantel, gewebt aus Freiheit und Gefahr, und ihre Dunkelheit füllte die Wohnung mit dem Flüstern vergessener Geschichten, von Menschen, die in ihr gewohnt hatten, lange bevor er und sein Bruder geboren worden waren. Will nannte die Wohnung »Das Königreich«. Jacob war sicher, dass die Märchenbücher ihres Großvaters den Namen inspiriert hatten, mit all ihren vergilbten Seiten, angefüllt mit fremd klingenden deutschen Wörtern und Bildern von Schlössern und Hütten, die so anders aussahen als die Hochhäuser und Wohnblocks, auf die sie von ihren Zimmern herabblickten. Es war leicht gewesen, Will davon zu überzeugen, dass die Wohnung verzaubert war, weil sie sieben Zimmer hatte und im siebten Stock lag. Noch vor zwei Jahren hatte er Jacob sogar geglaubt, dass das ganze Gebäude von einem Riesen gebaut worden war, der im Keller lebte. Es gab nichts, was Will seinem älteren Bruder nicht glaubte.

Draußen ließen die grellen Lichter der Stadt die Sterne verblassen und die große Wohnung war stickig von der Traurigkeit ihrer Mutter. Für Jacob roch Traurigkeit wie ihr Parfüm, das so selbstverständlich zu den weiten Zimmern gehörte wie die verblassten Fotografien im Flur und die altmodischen Möbel und Tapeten.

Sie wachte wie üblich nicht auf, als Jacob sich in ihr Zimmer stahl. Sie hatten wieder mal Streit gehabt, und für einen Augenblick sehnte er sich danach, ihr über das schlafende Gesicht zu streichen. Manchmal träumte er davon, etwas zu finden, das ihr all die Traurigkeit vom Gesicht wischen würde – ein verzaubertes Taschentuch oder einen Handschuh, mit dem er ihr ein Lächeln auf die Lippen tupfen könnte. Nicht nur Will verbrachte viel zu viele Nachmittage damit, den Märchen ihres Großvaters zu lauschen.

Jacob zog die Nachttischschublade auf. Der Schlüssel lag gleich neben den Pillen, die sie schlafen ließen. Du schon wieder?, schien er ihn zu verspotten, als er ihn herausnahm. Närrischer Bengel! Nährst du immer noch die Hoffnung, dass ich dir eines Nachts mehr als ein leeres Zimmer aufschließen werde?

Vielleicht. Mit zwölf Jahren konnte man sich solche Wunder noch vorstellen.

In Wills Zimmer brannte noch Licht – sein Bruder hatte Angst im Dunkeln. Will fürchtete sich vor vielen Dingen, im Unterschied zu seinem älteren Bruder. Jacob überzeugte sich, dass er fest schlief, bevor er die Tür zum Arbeitszimmer ihres Vaters aufschloss. Ihre Mutter hatte es seit seinem Verschwinden nicht betreten, doch Jacob konnte die Nächte nicht zählen, in denen er sich in das leere Zimmer gestohlen hatte, um dort nach den Antworten zu suchen, die sie ihm nicht geben wollte.

Der Raum war so unberührt, als hätte John Reckless noch vor einer Stunde an seinem Schreibtisch gesessen. Über dem Stuhl hing die Strickjacke, die er so oft getragen hatte, und ein benutzter Teebeutel vertrocknete auf einem Teller neben dem Kalender, der immer noch das letzte Jahr zeigte.

Komm zurück! Jacob schrieb es mit dem Finger auf das beschlagene Fenster, auf den staubigen Schreibtisch und die Scheiben des Glasschranks, in dem die alten Pistolen lagen, die sein Vater gesammelt hatte. Aber das Zimmer blieb still – und leer. Er war zwölf Jahre alt und hatte keinen Vater mehr.

Verschwunden.

Als hätte er nie existiert. Als wäre er nichts als eine der kindischen Geschichten, die Jacob und Will sich ausdachten. Jacob trat gegen die Schubladen, die er in so vielen Nächten vergebens durchsucht hatte, erstickend an der hilflosen Wut, die er jedes Mal fühlte, wenn er den leeren Stuhl seines Vaters vor dem Schreibtisch stehen sah. Fort. Er zerrte die Bücher und Zeitschriften aus den staubigen Regalen und riss die Flugzeugmodelle herunter, die über dem Schreibtisch hingen, voll Scham darüber, wie stolz er gewesen war, als sein Vater ihm erlaubt hatte, sie mit rotem und weißem Lack zu bepinseln.

Komm zurück! Er wollte es durch die Straßen schreien, die sieben Stockwerke tiefer Schneisen aus Licht durch die Häuserblocks schnitten, er wollte es in die tausend Fenster schreien, die leuchtende Quadrate in die Nacht stanzten. Aber stattdessen stand er nur zwischen den Regalen und lauschte seinem eigenen Herzschlag, so laut in dem stillen Raum.

Das Blatt Papier fiel aus einem Buch über Flugzeugtriebwerke. Jacob hob es nur auf, weil er die Handschrift darauf für die seines Vaters hielt. Aber er erkannte seinen Irrtum schnell. Symbole und Gleichungen, die Skizze eines Pfaus, eine Sonne, zwei Monde. Nichts davon machte Sinn. Bis auf einen Satz, den er auf der Rückseite des Blattes fand.

DER SPIEGEL ÖFFNET SICH NUR FÜR DEN, DER SICH SELBST NICHT SIEHT.

Der Spiegel. Jacob drehte sich um – und sah sich selbst in dem dunklen Glas. Sein Vater und er hatten den Spiegel in den weitläufigen Kellern entdeckt, die sich unter dem Apartmenthaus befanden, verhängt mit einem staubigen Laken, umgeben von alten Möbeln und Koffern voller vergessener Dinge, Besitztümer längst toter Verwandter seiner Mutter. Das ganze Gebäude hatte einst ihrer Familie gehört. Einer ihrer Vorfahren hatte es sogar entworfen und erbaut, »und dabei eine finstere Vorstellungskraft bewiesen«, hätte sein Vater hinzugefügt. Will fürchtete sich immer noch vor den steinernen Gesichtern über dem Hauptportal, die mit goldverkrusteten Augen auf jeden Besucher herabstarrten.

Jacob trat näher an den Spiegel heran. Er war zu schwer für den Aufzug gewesen. Man konnte im Treppenhaus immer noch die Schrammen sehen, die der Rahmen in die Wände gefurcht hatte, als drei Männer ihn fluchend und schwitzend in den siebten Stock hinaufgetragen hatten. Jacob war der Überzeugung gewesen, dass der Spiegel älter als alles war, was er je gesehen hatte, auch wenn sein Vater darüber gelacht und ihm erklärt hatte, dass Spiegel solcher Größe erst im sechzehnten Jahrhundert hergestellt werden konnten.

Das Glas war so dunkel, als wäre die Nacht darin ausgelaufen, und so uneben, dass man sich kaum darin erkannte. Jacob berührte die mit Dornen gespickten Rosenranken, die sich über den Silberrahmen wanden. Sie sahen so echt aus, als könnten die Blüten jeden Moment verwelken.

Im Gegensatz zum Rest des Raumes schien der Spiegel niemals Staub anzusetzen. Er hing wie ein schimmerndes Auge zwischen den Bücherregalen, ein Abgrund aus Glas, der verzerrt all das spiegelte, was John Reckless zurückgelassen hatte: seinen Schreibtisch, die alten Pistolen, seine Bücher – und seinen ältesten Sohn.

DER SPIEGEL ÖFFNET SICH NUR FÜR DEN, DER SICH SELBST NICHT SIEHT.

Was sollte das bedeuten?

Jacob schloss die Augen. Er kehrte dem Spiegel den Rücken zu und tastete hinter dem Rahmen nach irgendeinem Schloss oder Riegel.

Nichts.

Er blickte immer wieder nur seinem eigenen Spiegelbild in die Augen.

Es dauerte eine ganze Weile, bis er begriff.

Seine Hand war kaum groß genug, um das verzerrte Abbild seines Gesichts zu verdecken. Aber das kühle Glas schmiegte sich an seine Finger, als hätte es auf sie gewartet, und plötzlich war der Raum, den ihm der Spiegel zeigte, nicht mehr das Zimmer seines Vaters.

Jacob wandte sich um.

Mondlicht fiel durch ein schmales, glasloses Fenster auf Mauern aus grauem, grob behauenem Stein. Der Raum, den sie umschlossen, war rund und sehr viel größer als das Zimmer seines Vaters. Die schmutzigen Fußbodendielen waren mit Eichelschalen und abgenagten Vogelknochen bedeckt und Spinnweben hingen wie Schleier von den Balken eines spitz zulaufenden Daches.

Wo war er?

Das Mondlicht malte Jacob Flecken auf die Haut, als er auf das Fenster zutrat. An dem rauen Sims klebten die blutigen Federn eines Vogels, und tief unter sich sah er verbrannte Mauern und schwarze Hügel, in denen ein paar verlorene Lichter glimmten. Verschwunden waren das Häusermeer und die erleuchteten Straßen – alles, was er kannte, war fort. Und hoch über ihm zwischen den Sternen hingen zwei Monde, der kleinere rot wie eine rostige Münze.

Jacob blickte sich zu dem Spiegel um, dem Einzigen, was sich nicht verändert hatte – und sah die Angst auf seinem Gesicht. Aber Angst war ein Gefühl, das Jacob fast genoss. Sie lockte ihn an dunkle Orte, durch verbotene Türen und weit fort von ihm selbst. Sogar die Sehnsucht nach seinem Vater ertrank in ihr.

Es gab keine Tür in den grauen Mauern, nur eine Luke im Boden. Als Jacob sie öffnete, sah er die Reste einer verbrannten Treppe, die sich in der Dunkelheit verlor, und für einen Augenblick glaubte er, einen winzigen Mann daran hinaufklettern zu sehen. Aber bevor er sich über die Öffnung lehnen und einen genaueren Blick hinunterwerfen konnte, ließ ihn ein Scharren herumfahren.

Spinnweben fielen auf ihn herab, als etwas ihm auf die Schulter sprang. Sein heiseres Knurren klang nach einem Tier, doch das verzerrte Gesicht, das die Zähne nach seiner Kehle bleckte, war so bleich und faltig wie das eines alten Mannes. Die Kreatur – ein Stilz, wie er später lernte – war sehr viel kleiner als Jacob und mager wie eine Heuschrecke, aber entsetzlich stark. Seine Kleider schienen aus Spinnweben gemacht, das graue Haar hing ihm bis zur Hüfte, und als Jacob seinen dürren Hals packte, gruben sich gelbe Zähne tief in seine Hand. Mit einem Aufschrei stieß er den Angreifer von seiner Schulter und stolperte auf den Spiegel zu. Der Spinnenmann sprang Jacob nach, während er sich das Blut von den Lippen leckte, doch bevor er ihn einholen konnte, fand Jacobs unverletzte Hand das kühle Spiegelglas.

Die dürre Gestalt verschwand ebenso wie die grauen Mauern und hinter ihm stand erneut nur der Schreibtisch seines Vaters.

»Jacob?«

Wills Stimme drang kaum durch das Klopfen seines Herzens. Jacob rang nach Atem und wich vor dem Spiegel zurück.

»Jake, bist du da drin?«

Er zog den Ärmel über die zerbissene Hand und öffnete die Tür.

Wills Augen waren weit vor Angst. Er hatte wieder schlecht geträumt. Kleiner Bruder. Will folgte seinem älteren Bruder wie ein junger Hund und Jacob beschützte ihn auf dem Schulhof und im Park. Manchmal verzieh er Will sogar, dass ihre Mutter ihn mehr liebte.

»Mum sagt, wir sollen nicht in das Zimmer.«

»Seit wann tue ich, was Mum sagt? Wenn du mich verrätst, nehme ich dich morgen nicht mit in den Park.«

Jacob glaubte, das Glas des Spiegels wie Eis im Nacken zu

spüren. Will lugte an ihm vorbei, aber er senkte hastig den Kopf, als Jacob die Tür hinter sich zuzog. Will war vorsichtig, wo sein Bruder leichtsinnig, sanft, wo er aufbrausend, ruhig, wo er rastlos war. Als Jacob nach seiner Hand griff, bemerkte Will das Blut an seinen Fingern und blickte ihn fragend an, aber Jacob zog ihn nur wortlos zu seinem Zimmer zurück.

Was der Spiegel ihm gezeigt hatte, gehörte ihm.

Ihm allein.

Zwölf Jahre lang würde das die Wahrheit sein. Bis zu dem Tag, an dem Jacob sich wünschte, dass er seinen Bruder in jener Nacht vor dem Spiegel gewarnt hätte und vor all dem, was das dunkle Glas ihm bescheren würde. Aber die Nacht verging und er bewahrte sein Geheimnis.

Es war einmal … so beginnt es immer.

2
ZWÖLF JAHRE SPÄTER

Die Sonne stand schon tief über den Mauern der Ruine, aber Will schlief immer noch, erschöpft von den Schmerzen und der Furcht vor dem, was in seinem Fleisch wuchs. Ein Fehler. Nach zwölf Jahren Vorsicht.

Jacob deckte Will mit seinem Mantel zu und blickte zum Himmel. Die zwei Monde waren bereits sichtbar und die untergehende Sonne färbte die umliegenden Hügel schwarz. Er hatte diese Welt zu seinem Zuhause gemacht. Zwölf Jahre sind eine lange Zeit. Schon mit vierzehn hatte er die Monate nicht mehr gezählt, die er hinter den Spiegel verbracht hatte, trotz der Tränen seiner Mutter, trotz ihrer hilflosen Angst um ihn … »Wo bist du gewesen, Jacob? Bitte! Sag es mir!« Wie? Wie hätte er ihr die Wahrheit verraten können, ohne die kostbare Freiheit zu verlieren, die der Spiegel ihm gewährte, all das Leben, das er dahinter gefunden hatte, das Gefühl, so viel mehr er selbst zu sein hinter dem dunklen Glas.

»Wo bist du gewesen, Jacob?« Sie hatte es niemals herausgefunden.

Er hatte Will von dieser Welt erzählt, überzeugt, dass sein Bruder die Geschichten für nichts als Märchen halten würde. Er hätte ihn besser kennen müssen. Warum hatte er nicht begriffen, dass sie Will mit derselben Sehnsucht erfüllen würden, die ihn durch den Spiegel trieb? *Sei ehrlich, Jacob, du wolltest nicht darüber nachdenken.* Nein. Er hatte sich nur danach gesehnt, mit jemandem zu teilen, was er gefunden hatte, und da das Arbeitszimmer seines Vaters das Geheimnis des Spiegels so viele Jahre lang sicher verwahrt hatte, war es viel zu leicht gewesen, sich einzureden, dass es dort für alle Zeit sicher sein würde.

Vielleicht wäre es das auch wirklich gewesen, wenn er es nicht so eilig gehabt hätte, zurückzugehen. Er hatte zum ersten Mal vergessen, die Tür abzuschließen, und die Hand bereits gegen das dunkle Glas gepresst, als Will hereingekommen war. Es ist so verführerisch, dem eigenen schlechten Gewissen zu entkommen, indem man die Welt wechselt. Jeder Winkel der Wohnung, in der er aufgewachsen war, hatte Jacob daran erinnert, dass er, während seine Mutter gestorben war, nach einem gläsernen Schuh gesucht hatte. Du hast sie im Stich gelassen, Jacob, hatte ihr leeres Zimmer geflüstert. Genau wie dein Vater.

Im Märchen werden die Helden bestraft, wenn sie vor einer Aufgabe davonlaufen. Die Helden, nicht ihre jüngeren Brüder …

Die Wunden an Wills Hals waren gut verheilt, aber am linken Unterarm zeigte sich bereits der Stein. Jade. Das war ungewöhnlich. Meist war es Karneol, Jaspis, Mondstein …

»Er riecht schon wie ein Goyl.«

Die Füchsin löste sich aus den Schatten, die die zerstörten Mauern warfen. Ihr Fell war so rot, als hätte der Herbst es ihr gefärbt. Am Hinterlauf war es gestreift mit blassen Narben. Es war fast fünf Jahre her, dass Jacob Fuchs aus den Eisenfängen einer Wildererfalle befreit hatte, und seither bewachte sie seinen Schlaf, warnte ihn vor Gefahren, die seine stumpfen Menschensinne nicht bemerkten, und gab Rat, den man besser befolgte.

»Worauf wartest du? Weck ihn auf und bring ihn zurück! Wir sind seit Stunden hier.« Die Ungeduld in ihrer Stimme war nicht zu überhören. »Dafür sind wir hergekommen, oder?«

Jacob blickte auf seinen schlafenden Bruder. Ja, dafür hatte er Will zurück zu dem Turm gebracht: um ihn zurück in die Welt zu bringen, die sie beide geboren hatte. Aber wie sollte er in ihr leben mit einer Haut, die sich in Jade verwandelte?

Jacob trat unter den Torbogen, in dem die verkohlten Reste des Schlossportals hingen. Ein Heinzel huschte davon, als Jacobs Schatten auf ihn fiel. Er war kaum größer als eine Maus, mit roten Augen über der spitzen Nase, Hose und Hemd genäht aus gestohlenen Menschenkleidern. Die Ruine wimmelte von ihnen.

»Ich hab es mir anders überlegt«, sagte Jacob. »Es gibt nichts in der anderen Welt, das ihm helfen könnte.«

Jacob hatte schon vor Jahren versucht, Fuchs von der Welt zu erzählen, aus der er kam, aber sie wollte nichts davon hören. Ihr reichte, was sie wusste: dass es der Ort war, an den er allzu oft verschwand und mit Erinnerungen zurückkam, die ihm wie Schatten folgten.

»Und? Was glaubst du, was hier mit ihm passieren wird?«

Fuchs sprach es nicht aus, doch Jacob wusste, was sie dachte.

In ihrer Welt erschlugen Männer ihre eigenen Söhne, sobald sie den Stein in ihrer Haut entdeckten. Aber Jacob war sicher: Falls es eine Medizin gegen das Steinerne Fleisch gab, dann würden sie sie hier finden.

Am Fuß des Hügels, auf dem die Ruine stand, verloren die roten Dächer von Schwanstein sich in der Dämmerung, und in den Häusern flammten die ersten Lichter auf. Während seines ersten Jahres hinter dem Spiegel hatte Jacob dort in einem der Ställe gearbeitet, in dem Reisende ihre Pferde unterbrachten. Die Stadt sah von fern aus wie eins der Bilder, die man auf Lebkuchendosen druckte. Aber die hohen Fabrikschornsteine, die grauen Rauch in den Abendhimmel schickten, passten nicht ins Bild. Die neue Magie ... So nannte man Technologie und Wissenschaft in dieser Welt. Aber das Steinerne Fleisch wurde nicht von mechanischen Webstühlen oder anderen modernen Errungenschaften gesät, sondern von dem alten Zauber, der in ihren Hügeln und Tälern zu Hause war, in Flüssen und Meeren, Blumen und Bäumen, in Siebenmeilenstiefeln, Hexennadeln und zahllosen anderen Zauberdingen, die zu finden Jacob zu seinem Handwerk gemacht hatte.

Ein Goldrabe landete auf der Mauer, in deren Schatten Will schlief. Jacob scheuchte ihn fort, bevor er einen seiner finsteren Flüche krächzen konnte.

Sein Bruder stöhnte im Schlaf. Die Menschenhaut machte dem Stein nicht kampflos Platz. Jacob spürte den Schmerz wie seinen eigenen und zum ersten Mal verfluchte er den Spiegel. Seit Jahren hatte ihn nur die Liebe zu seinem Bruder in die andere Welt zurückgebracht, immer bei Nacht, wenn er sicher war, dass seine Mutter schlief. Ihre Tränen hatten es zu schwer gemacht, wieder zu gehen, aber Will hatte ihm nur die Arme um den Hals geschlungen und gefragt, was er ihm mitgebracht hatte. Die Schuhe eines Heinzels, die Mütze eines Däumlings, ein Knopf aus Elfenglas, ein Stück schuppige Wassermannhaut – Will hatte Jacobs Geschenke hinter seinen Büchern versteckt und dann um mehr Geschichten über die Welt gebettelt, in denen sein Bruder solche Schätze fand, bis das erste Morgenlicht auf die verblassten Tapeten gefallen war und Jacob sich, sobald Will fest schlief, durch den Spiegel davongestohlen hatte.

Er griff nach seinem Rucksack. »Ich bin bald zurück. Falls er aufwacht, sag ihm, er soll auf mich warten. Erlaub ihm nicht, in den Turm zurückzugehen.«

»Und wohin gehst du?« Die Füchsin trat ihm in den Weg. »Du kannst ihm nicht helfen, Jacob.«

»Ich weiß. Aber ich muss es versuchen.«

Fuchs folgte ihm mit den Augen, als er auf die verwitterte Treppe zuging, die den Hügel hinabführte. Die einzigen Stiefelabdrücke auf den vermoosten Stufen waren seine eigenen. Die Ruine galt als verflucht. Die Bewohner von Schwanstein erzählten Hunderte von Geschichten über das Feuer, das das Jagdschloss zerstört hatte, das einst auf dem Hügel über der Stadt gestanden hatte, aber nach all den Jahren wusste Jacob immer noch nicht, wer den Spiegel in dem Turm hinterlassen hatte. Oder wohin sein Vater verschwunden war.

3
GOYL

Das abgeerntete Feld roch immer noch nach Blut, der Geruch aller Schlachtfelder. Hentzaus Pferd war ebenso an ihn gewöhnt wie seine Soldaten. Der Regen hatte die Gräben mit Schlamm gefüllt, und hinter den Wällen, die beide Seiten errichtet hatten, war die Erde bedeckt mit Flinten und zerschossenen Helmen. Kami'en hatte befohlen, die Pferde- und Menschenkadaver zu verbrennen, bevor sie verwesten und die Luft mit ihrem Gestank verpesteten. Seine eigenen Soldaten aber hatte der König, wie es Goylsitte war, dort gelassen, wo sie gefallen waren. Schon in wenigen Tagen würden sie nicht mehr von den Steinen zu unterscheiden sein, die aus der zertretenen Erde ragten, und die Köpfe derer, die besonders heldenhaft gekämpft hatten, waren in die Königsfeste geschickt worden, um dort die unterirdische Ehrenstraße der Toten zu säumen.

Eine weitere Schlacht. Hentzau war ihrer müde, aber er hoffte, dass diese für eine Weile die letzte gewesen war. Die Kaiserin war endlich bereit zu verhandeln und selbst Kami'en wollte Frieden. Hentzau presste sich die Hand vor den Mund, als der Wind die Asche ihrer gefallenen Feinde von der Anhöhe herabwehte. Sechs Jahre an der Oberfläche, sechs Jahre ohne den schützenden Schild der Erde zwischen ihm und der Sonne. Seine Augen schmerzten von all dem Tageslicht und die Luft machte seine Haut so spröde wie Muschelkalk. Hentzaus Haut glich braunem Jaspis. Nicht die edelste Hautfarbe für einen Goyl. Hentzau war der erste Jaspisgoyl, der in die obersten Militärränge aufgestiegen war. Aber die Goyl hatten vor Kami'en auch noch nie einen König gehabt und Hentzau gefiel seine Haut. Jaspis lieferte wesentlich bessere Tarnung als Onyx oder Mondstein.

Kami'en hatte unweit des Schlachtfelds Quartier bezogen, im Jagdschloss eines kaiserlichen Generals, der wie der Großteil seiner Offiziere in der Schlacht gefallen war.

Zwei Goylposten bewachten das Tor. Sie salutierten, als Hentzau an ihnen vorbeiritt. Den Bluthund des Königs nannten sie ihn. Seinen Jaspisschatten. Hentzau diente Kami'en, seit er zum ersten Mal die anderen Anführer herausgefordert hatte. Sie hatten zwei Jahre gebraucht, um sie alle zu töten, und danach hatten die Goyl ihren ersten König gekrönt.

Die Straße, die vom Tor zu dem Jagdschloss hinaufführte, war von Statuen gesäumt. Es amüsierte Hentzau stets aufs Neue, dass Menschen ihre Götter und Helden durch Abbilder aus Stein verewigten, während sie seinesgleichen verabscheuten. Selbst die Teighäute mussten zugeben, dass in dieser Welt Stein das Einzige war, was blieb.

Sie hatten die Fenster des Schlosses zugemauert, wie sie es bei allen Gebäuden taten, die sie besetzten, doch Hentzau fühlte sich erst wohl, als er die Treppe zu den Kellern hinabstieg und ihn endlich die wohltuende Dunkelheit umgab, die man bloß unter der Erde fand. Die weitläufigen Gewölbe, die einst mit Vorräten und verstaubten Jagdtrophäen gefüllt gewesen waren, beherbergten nun Kami'ens Generalstab, und Goylaugen brauchten weder Lampen noch Kerzen in der Dunkelheit.

Kami'en. Sein Name bedeutete in ihrer Sprache nichts anderes als Stein. Kami'ens Vater hatte eine der unteren Städte regiert, aber Väter zählten nicht viel bei ihnen. Es waren die Mütter, die sie aufzogen, und mit neun galten Goyl als erwachsen und waren auf sich gestellt. In dem Alter erkundeten die meisten von ihnen die Untere Welt, mit ihren Kristallhöhlen, schwarzen Seen und versteinerten Wäldern, ihren Mut beweisend, indem sie tiefer und tiefer hinabstiegen, zu den Verlorenen Palästen mit ihren Spiegeln und Silbersäulen, bis die Hitze selbst für Goylhaut unerträglich wurde. Doch Kami'en hatten die Tiefen seiner Welt nie interessiert. Ihn faszinierte nur die Obere Welt. Er hatte für eine Weile in einer der Höhlenstädte gelebt, die sie an der Oberfläche gebaut hatten, weil die Kupferpest in den unteren Städten wütete. Als eine seiner Schwestern bei einem Menschenangriff ums Leben gekommen war, hatte er damit begonnen, deren Waffen und Kriegsstrategien zu studieren. Mit neunzehn hatte er eine ihrer Städte erobert. Die erste von vielen …

Als die Wachen Hentzau in den Lagerraum winkten, der als Kommandozentrale diente, stand Kami'en vor dem Tisch, auf dem jeden Morgen die Positionen seiner Gegner nachgestellt wurden. Er hatte die Figuren anfertigen lassen, nachdem er die erste Schlacht gewonnen hatte: Soldaten, Kanoniere, Scharfschützen, Reiterfiguren für die Kavallerie … Die Goyl waren aus Karneol, die Truppen der Kaiserin marschierten in Echsenbein, Lothringen trug Gold, Albions Soldaten waren aus Kupfer. Kami'en blickte auf die Figuren herab, als suchte er nach einem Weg, sie alle auf einen Schlag zu besiegen. Er trug Schwarz, wie immer, wenn er die Uniform ablegte. Es ließ seine mattrote Haut wie versteinertes Feuer aussehen. Nie zuvor war Karneol die Hautfarbe eines Goyl-Anführers gewesen. Jahrhundertelang war Onyx die Farbe ihres Adels gewesen.

Kami'ens Geliebte trug wie immer Grün, Schichten aus smaragdfarbenem Samt, die sie einhüllten wie die Blätter einer Blüte. Selbst die schönste Goylfrau verblasste neben ihr wie ein Kiesel neben geschliffenem Mondstein, aber Hentzau hatte seinen Soldaten befohlen, sie nicht anzusehen. Der alte Goyl glaubte schon lange nicht mehr an Märchen, aber er glaubte all die Geschichten, die man sich über die Feen erzählte und über die liebeskranken Idioten, die sie mit einem Blick in Disteln oder hilflos zappelnde Fische verwandelten. Ihre Schönheit war tödlicher als Spinnengift. Das Wasser hatte sie alle geboren, und Hentzau fürchtete sie ebenso sehr wie die Meere, die an den Felsen seiner Welt nagten. Er hasste sie besonders für diese Furcht.

Die Dunkle Fee lächelte, als hätte sie seine Gedanken gelesen. Viele waren überzeugt, dass die Feen das konnten, aber Hentzau war sicher, dass die Dunkle ihn längst getötet hätte, für das, was er über sie dachte. Sie war die Mächtigste von ihnen – vielleicht war das der Grund, warum ihre eigenen Schwestern sie verstoßen hatten.

Er kehrte ihr den Rücken zu und verbeugte sich vor seinem

König. »Mir wurde gesagt, dass Ihr mich braucht, um jemanden zu finden.«

Kami'en griff nach einer der Echsenbeinfiguren und stellte sie zur Seite. Jede stand für hundert Soldaten.

»Ja. Du musst mir einen Menschen bringen, dem das Steinerne Fleisch wächst.«

Hentzau warf der Fee einen raschen Blick zu.

»Und wie soll ich das anstellen? Von denen gibt es inzwischen Tausende.«

Menschengoyl. Sie kämpften mitleidlos gegen ihre einstigen Artgenossen, doch Hentzau verabscheute sie ebenso wie die Fee, deren Zauber sie erschaffen hatte. Die Goyl hatten ihre Klauen immer zum Töten benutzt, aber nun hatte die Dunkle Fee sie zu Werkzeugen ihrer finsteren Magie gemacht. Wie all ihre Schwestern konnte die Dunkle keine Kinder gebären, also schenkte sie Kami'en Söhne, indem sie seinen Feinden mit den Klauen seiner Soldaten Stein ins Fleisch säte.

»Keine Sorge. Dieser Menschengoyl ist leicht von den anderen zu unterscheiden.« Kami'en stellte zwei weitere Echsenbeinfiguren zur Seite. »Die Haut, die ihm wächst, ist aus Jade.«

Die Wachen wechselten einen raschen Blick, aber Hentzau runzelte nur ungläubig die Stirn. Die Lavamänner, die das Blut der Erde kochten, der augenlose Vogel, der alles sah – und der Goyl mit der Jadehaut, der den König, dem er diente, unbesiegbar machte ... Geschichten, die man Kindern erzählte, um die Dunkelheit unter der Erde mit Bildern zu füllen.

»Ich werde den Kundschafter erschießen lassen, der Euch das erzählt hat.« Hentzau rieb sich die schmerzende Haut. Die verdammte Kälte würde ihn bald aussehen lassen wie einen zersprungenen Krug. »Der Jadegoyl ist ein Märchen! Seit wann verwechselt Ihr die mit der Wirklichkeit?«

Die Wachen senkten nervös die Köpfe. Jeder andere Goyl hätte solche Worte mit dem Leben bezahlt, aber Hentzau wusste, dass Kami'en seine Ehrlichkeit liebte. Ebenso wie die Tatsache, dass er sich immer noch nicht vor ihm fürchtete.

»Du hast deine Befehle!«, sagte er so beiläufig, als wäre ihm Hentzaus Spott entgangen. »Finde ihn. Sie hat ihn in ihren Träumen gesehen.«

Ah, das war die Quelle.

Die Fee strich über den Samt ihres Kleides. Sechs Finger an jeder Hand, alle für einen anderen Zauber. Hentzau spürte, wie der Zorn in ihm erwachte, der ihnen allen im steinernen Fleisch nistete. Er würde für seinen König sterben, wenn es nötig war, aber es war etwas anderes, nach den Traumgespinsten seiner Geliebten zu suchen.

»Der König der Goyl braucht keinen Jadegoyl, um unbesiegbar zu sein!«

König. Immer noch ein unvertrautes Wort für Goylzungen. Aber selbst Hentzau zögerte inzwischen, Kami'en nur mit seinem Namen anzureden.

»Finde ihn!«, wiederholte er, während er Hentzau wie einen Fremden ansah. »Sie sagt, es ist wichtig, und bisher hatte sie immer recht.«

Die Fee trat an Kami'ens Seite. Hentzau malte sich aus, ihr den blassen Hals zu brechen, aber nicht einmal das brachte Trost. Sie war unsterblich und eines Tages würde sie ihm beim Sterben zusehen. Ihm und dem König. Und Kami'ens Kindern und Kindeskindern. Sie alle waren nur ihr sterbliches Spielzeug.

Aber Kami'en liebte sie. Mehr als seine beiden Goylfrauen, die ihm drei Töchter und zwei Söhne geschenkt hatten.

Weil sie ihn verhext hatte!

»Ich habe ihn im Schwarzen Wald gesehen.« Selbst ihre Stimme klang nach Wasser.

»Der Wald ist mehr als sechzig Quadratmeilen groß!«

Die Fee lächelte erneut. Vermutlich stellte sie sich vor, wie er als Fisch nach Atem ringend vor ihren Füßen zappelte. Hentzau erstickte fast an seinem Hass.

»Das klingt, als könntet Ihr etwas Hilfe gebrauchen.« Sie genoss es sichtlich, wie alarmiert er die Schultern straffte, als sie die sechsfingrigen Hände hob und die Perlenspangen öffnete, die ihr Haar zusammenhielten. Es reichte ihr bis zur Hüfte, als es herabfiel. Die meisten verglichen es mit fein gesponnenem Kupfer oder rotem Gold, aber für Hentzau hatte es die Farbe von getrocknetem Blut. Schwarze Motten flatterten ihr zwischen den Fingern hervor, als sie mit den Händen hindurchfuhr. Die blassen Flecken auf ihren Flügeln waren geformt wie Schädel.

Die Wachen öffneten hastig die Türen, als die Motten auf sie zu schwärmten. Hentzaus Soldaten, die draußen auf dem dunklen Korridor warteten, wichen ebenso eilig zurück. Sie alle wussten, dass die Stiche von Feenmotten sogar durch Goylhaut drangen – und dass die Opfer sie selten überlebten.

»Sie werden dir Bescheid geben, sobald sie den Jadegoyl gefunden haben«, sagte die Fee, während sie sich das Haar wieder hochsteckte. »Und du bringst ihn zu mir.«

Seine Männer starrten sie durch die offene Tür an.

Feen.

Verflucht sollten sie alle sein, sie und die Nacht, in der die dunkelste von ihnen plötzlich in ihrem Lager gestanden hatte. Nach der dritten Schlacht, ihrem dritten Sieg. Sie war zwischen den Zelten aufgetaucht, als hätte das Stöhnen der Verwundeten sie herbeigerufen. Hentzau war ihr in den Weg getreten, aber sie war einfach durch ihn hindurchgegangen, wie Wasser durch porösen Stein, und dann hatte sie Kami'en das Herz gestohlen, um sich die eigene herzlose Brust damit zu füllen. Zugegeben, selbst die besten Waffen der Goyl verbreiteten nicht halb so viel Furcht unter ihren Feinden wie der Zauber der Dunklen. Doch Hentzau war sicher, dass sie diesen Krieg auch ohne sie gewonnen hätten und dass der Sieg so viel süßer geschmeckt hätte.

Kami'en beobachtete ihn. Nein, die Fee konnte Hentzaus Gedanken nicht lesen, aber sein König las sie ihm mühelos von der Stirn.

Er presste die Faust aufs Herz, die traditionelle Geste aller Goyl, wenn sie ihren Respekt ausdrücken wollten.

»Ich werde den Menschengoyl finden«, sagte er. »Falls er tatsächlich mehr ist als ein Traum.«

Er spürte den Blick der Fee immer noch, als er hinaus in das grelle Tageslicht trat, das ihm die Augen trübte und die Haut springen ließ.

Er konnte sich nicht erinnern, jemals so sehr gehasst zu haben.

CORNELIA FUNKE ist die international erfolgreichste und bekannteste deutsche Kinderbuchautorin. Heute lebt sie in Malibu, Kalifornien, doch ihre Karriere als Autorin und Illustratorin begann in Hamburg. Nach einer Ausbildung zur Diplom-Pädagogin und einem anschließenden Grafik-Studium arbeitete sie als freischaffende Kinderbuchillustratorin. Da ihr die Geschichten, die sie bebilderte, nicht immer gefielen, fing sie selbst an zu schreiben.

Zu ihren großen Erfolgen zählen *Drachenreiter*, die Reihe *Die Wilden Hühner* und *Herr der Diebe*, mit dem sich Cornelia Funke auch international durchsetzte. Mit ihrer *Tintenwelt*-Trilogie und der *Spiegelwelt*-Serie eroberte sie weltweit die Bestsellerlisten.

Über 60 Bücher hat Cornelia Funke mittlerweile geschrieben, die in mehr als 50 Sprachen erschienen sind. Zahlreiche Titel wie z. B. *Hände weg von Mississippi*, *Herr der Diebe*, *Die Wilden Hühner* und *Tintenherz* wurden verfilmt. Aber auch in Preisen und zahlreichen Auszeichnungen spiegeln sich ihre Beliebtheit und ihr Einfluss wider.

Mehr Infos über die Autorin unter
www.corneliafunke.com

DÜSTER. PACKEND. MAGISCH. CORNELIA FUNKE IN BESTFORM

BAND 1. 352 Seiten.
ISBN 978-3-7915-0485-8

BAND 2. 416 Seiten.
ISBN 978-3-7915-0489-6

BAND 3. 464 Seiten.
ISBN 978-3-7915-0496-4

»Der Spiegel öffnet sich nur für den, der sich selbst nicht sieht«, so hieß es einst. Inzwischen aber hat nicht nur Jacob Reckless den Weg in die geheimnisvolle Welt hinter dem Spiegel gefunden, sondern auch sein Bruder Will. Doch zwischen wahr gewordenen Märchen und Mythen lauern tödliche Gefahren auf die ungleichen Brüder. Zusammen mit Gestaltwandlerin Fuchs und Wills Freundin Clara stellen sie sich einem atemberaubenden Wettlauf gegen die Zeit.

Die ersten drei Bände der fantastischen SPIEGEL-Bestseller-Reihe von Cornelia Funke.

DRESSLER

Auch als Hörbucher und als als E-Books erhältlich. Weitere Informationen unter:
www.oetinger-audio.de, www.funke-buch.de** und **www.dressler-verlag.de